Fotorecht Buchumschlag: Stefan Hohloch

Dieses Buch widme ich Vena, als Abschiedsgeschenk und Dank für ihre jahrelange Unterstützung.

Herstellung und Verlag:
BoD-Books on Demand, Norderstedt
ISBN: 978-3-7322-3123-2

Pferde, Pferde, Pferde………

Kurzgeschichten rund ums Pferd

Jutta Judy Bonstedt Kloehn

Vorwort

Wie man zu einem Reithof kommt und warum dann solche Geschichten, wie in diesem Buch beschrieben, geschehen.

Schon als kleines Mädchen träumte ich davon eines Tages einmal einen eigenen Reithof zu haben. Mit 29 Jahren ging dieser Traum in Erfüllung. Noch dazu war mein Traumziel Andalusien gewesen. In Deutschland wurde uns das Leben immer mehr verleidet, zu viele Vorschriften, Bestimmungen, überall Verbotsschilder. Wir hatten nicht mehr das Gefühl frei leben zu können mit unseren beiden Hunden und unseren zwei Pferden. So kamen wir zu dem Entschluss: Wir wollten auswandern. Im Sommer 1994 kauften mein damaliger Mann und ich also eine Finca in der Provinz Almeria. Diese wollten wir umbauen. Wir brauchten eine Stallanlage, und auch 2 Ferienhäuser. Unsere Auswanderungsidee kam natürlich nicht ganz spontan, wir hatten uns zuvor gründlich Gedanken darüber gemacht. Alles war gut durchdacht. Auf der Finca gab es viel zu tun, alles musste gut vorbereitet werden. Und erst wenn das Stallgebäude stehen würde, konnten wir unsere Pferde nachholen, die wir während der ersten Umbauphase noch in Deutschland gelassen hatten. Dort waren sie in guten Händen, wurden solange von einer kompetenten Freundin betreut, ebenso unsere kaukasischen Owtscharka (russische Hirtenhunde). Mir war zuallererst ganz wichtig, den Stall auf die Beine zu stellen, denn ich vermisste meine Pferde fürchterlich. Mein kugelrunder Friesenmix Riko, damals 4 jährig, und meinen heißblütigen kastanienbraunen Tres Sangre Wallach Rociero, kurz „Rossi" genannt, auch gerade mal 5 Jahre alt. Meine damalige Vorstellung war, mit 6 Pferden eine Reiterpension zu führen, dort im schönen Andalusien. Das sich diese Zahl dann auf 13 erhöhte kommt davon, dass man dem Pferdebazillus verfallen ist. Das ist eine Krankheit, glaubt mir. Eine Art Sucht, man hat erst 2 Pferde, dann plötzlich 4, danach die ersehnten 6, bis man noch eine Box anbaut und hat dann eben 7 und so weiter, und so weiter. So geht das. Ruck Zuck ehe man sich versieht steckt man in dieser Sucht. Ein Entzug kommt erst zustande wenn man merkt, dass Pferde eben nun mal eine Menge Geld verfressen. Dann kehrt man für gewöhnlich wieder auf den Boden der Tatsachen zurück. Aber bis dahin dauert es. Und so habe ich Euch eine Menge Geschichten zu erzählen. Von all meinen Pferden, die bisher in mein Leben getreten sind. So, genug Spannung erzeugt, es geht los. Meine erste Geschichte, die weiteren folgen Schlag auf Schlag.

Das Ungeheuer im Anhänger

Im Februar 1995 ging unsere Reise los. Mein ehemaliger Mann und ich wanderten aus, nach Andalusien. Unsere beiden Pferde waren schon im Anhänger verladen. Die Reise war weit, besonders für die Rösser. 2200 km! Aber unser Friesenmix Riko und mein Tres sangre Wallach Rociero waren gut drauf. Nach 1000 km war ich dann dran mit fahren. Alles lief entspannt. Ich lauschte der Musik und pfiff gerade fröhlich mit, als Country Road von John Denver lief, da machte der ganze Wagen mitsamt Anhänger plötzlich einen Riesenruck nach vorne, und den gleichen Ruck auch wieder nach hinten. Ich ging sofort vom Gas, erstarrt vor Schreck hielt ich die Hände stocksteif am Lenkrad, ließ den Wagen langsam ausrollen und fuhr in eine Nothaltebucht, die glücklicherweise direkt vor mir lag. Wir stiegen aus und schauten nach den Pferden, um zu sehen, was passiert war. Ich hatte schon die schlimmsten Befürchtungen. Eines der Pferde war vielleicht umgefallen, aus welchem Grund auch immer. Aber als wir die Seitentür öffneten, schaute uns nur der große Friesenschädel von Riko freudig entgegen, kurzer Blick in den Hänger sagte mir; der Friese hatte Schuld an dem Ruck. In der Hoffnung, auch noch den letzten Halm vom Heu aus dem Beutel zu bekommen, muss er mit dem Maul so sehr daran gezogen haben, dass das Seil des Beutels gerissen war. Da er aber noch voll Zug drauf hatte, musste er wohl, als das Seil riss, mit seinem riesigen Friesenpopo gegen die Verladerampe geknallt sein. Das war also der Grund warum selbst das Zugfahrzeug ins Rucken geraten war. Wir mussten herzhaft lachen, noch dazu, weil uns seine großen Kulleraugen so verdammt unschuldig anschauten, als wollte er sagen: Was ist? Geht's nicht weiter? War was?

Der Ausreißer und die Kaktusblätter

Monate später, als wir uns schon längst eingelebt hatten in unserer neuen Heimat, kam der Tag, an dem die Erdung vom Elektrozaun schwach wurde. Es ist eben sehr trocken in Andalusien. Mittlerweile hatten wir unseren Stall schon voll, mit 8 weiteren Pferden und unsere Reiterpension funktionierte bestens. Wieder mal war es unser liebster Friese Riko, der die Gunst der Stunde nutzte und bemerkte, dass der Strom nicht funktionierte. So versuchte er, noch eines von den riesigen Feigenkaktusblättern zu erhaschen, die außerhalb der Koppel standen. Dabei zerriss er das E-Band im nu, und als er seine Freiheit bemerkte, nutzte er sie in vollen Zügen aus. Ich wurde alarmiert durch seine donnernden Hufklänge, als er eine Ehrenrunde über die ganz Finca drehte, zunächst im Galopp, aber dann beruhigte er sich und fiel in seinen eindrucksvollen Friesentrab, und wenn er dabei noch passagierte, war es einfach nur herrlich, ihm zuzuschauen. Als er an unseren neugierigen Nachbarn vorbeizog, standen diese nur da, mit offenen Mündern. Sie waren äußerst beeindruckt. Der Bursche war aber Ruck Zuck wieder eingefangen, denn ich kenne wohl kaum ein Pferd, das so verfressen war wie Riko. Kurz mit dem Futtereimer geraschelt und schon lugte er um die Ecke in die Stalltür hinein. Gierig tauchte er die Nase in den Eimer, zack, Strick dran gemacht, und er wurde wieder sicher untergebracht. Glück hatten wir nur, das Rociero es ihm nicht gleich getan hatte, sondern brav auf seiner Koppel stehen blieb. Zwei wilde Entdecker in Freiheit hätten wir sicher nicht so schnell wieder in den Griff bekommen.

Auf falschen Pfaden

Als unser erster Reitgast ankam, war ich noch weit davon entfernt, gute Reitrouten zu kennen. Ich musste mich selbst erst mal an die neue Umgebung gewöhnen. Insofern war ich nicht gerade sicher, um 4 Stunden

Touren durchzuführen. Zwar hatte ich zuvor schon mit Rossi etliche Wege ausprobiert, aber manchmal lässt die Erinnerung einfach nach, noch dazu, wenn ein Kaktus so aussieht wie der andere. So ritt ich mindestens 25 Mal am selben Kaktusbusch vorbei. Ich merkte es an Rossi, er zögerte immer mehr, und ließ mich spüren, dass ich mich irgendwie schon wieder bei einem Wegabzweig geirrt hatte. Als ich endlich den Durchblick hatte wo ich war, und wusste, wie wir wieder nach Hause kommen würden, rief mein Reitgast entzückt: Och, guck mal, Jutta, hier ist es aber auch schön!!!! Ich musste grinsen, von einem Ohr zum anderen. Rossi und ich wussten es besser; sie irrte sich, dort waren wir schon 25 Mal lang geritten. Ich antwortete nur: „Da hast du Recht, meine Liebe, auch ein herrliche Landschaft." Rossi prustete im selben Moment, und es klang so, als würde er mit mir schmunzeln. Sicher vorwärts gehend wies er mir letztendlich den Weg, er wusste genau, in welcher Richtung es nach Hause ging.

Das „Corpus delikti"

Der Tag kam, als ich mir meinen ersten, spanischen Hengst kaufte. Mittlerweile wurde ich immer erfahrener im Umgang mit Pferden. Und so wagte ich mich, das erste Mal Bekanntschaft zu machen mit einem Hengst und den Umgang mit ihm. Zwar hatte ich schon Reit- und Pferdeerfahrung, seit ich ein kleines Mädchen war, aber das Thema Hengst war in Deutschland überhaupt nie diskutabel gewesen. Man findet dort kaum Ställe, in denen man einen Hengst einstellen kann. In Spanien ist das ganz anders, da wird man schief angeschaut, wenn man keinen einzigen Hengst im Stall hat. Und kastrierte Pferde mögen Spanier schon mal gar nicht. Kurz und gut: ich kaufte den reinen Spanier CORPUS III, ein Schimmelhengst, aus dem Gestüt Gil y Gil, der zuvor dem großartigen Flamencogitarristen Tomatito gehörte. Leider hatte Tomatito scheinbar mehr Ahnung von Musik, als von Pferden. Corpus, der liebevoll Gitano (übersetzt Zigeuner, jetzt weiß ich auch, warum er so hieß) genannt wurde, nämlich nicht nur, weil dieser Name einfach schöner klingt, war völlig verzogen, und hatte sich einige Unarten angewöhnt, die aber durch falsche Behandlung entstanden waren. So war er es gewohnt, aus seiner Box springen zu dürfen, und damit man ihn hinterher auch wieder da hineinkriegte, musste er wohl von hinten öfters mal einen Schlag abbekommen haben von seinem Vorbesitzer. Leider wusste ich das nicht. Als ich ihn also an seinem ersten Tag in seine Box bringen wollte, sprang er mir mit voller Wucht ins Kreuz. Ich hatte auch damals noch zu wenig Erfahrung, um anhand der Körpersprache eines Pferdes im Voraus erkennen zu können, welcher sein nächster Schritt sein wird. Heute ist das natürlich anders. Man reift mit der Zeit und lernt immer wieder dazu. So bügelte mich Gitano mit einer solchen Wucht um, das ich mit dem Kopf erst mal gegen die Stallwand knallte, danach auf den Rücken fiel, und unglücklicherweise rutsche Gitano auf dem noch neuen, glatten Stallboden aus, der zwar mit Stroh ausgelegt war, ein Pferd aber doch ins Rutschen geraten ließ, wenn es sich so schnell darin bewegt. Einer seiner Vorderhufe landete dabei auf meinem Knie, ich kann bei Gott nicht mehr sagen welcher Vorderhuf es war, aber ich war ganz sicher, dass er mein rechtes Knie erwischt hatte. Jaul, sag ich nur. Ich muss nicht extra erwähnen, dass ich somit einige Wochen außer Gefecht gesetzt war, und Schmerzen ohne Ende hatte. Aber alles heilt mit der Zeit, also weiter geht es mit meinen Geschichten.

Der Tag an dem die Olivenbäume „Adios" sagten

Prächtig waren sie, die uralten, wunderschönen Olivenbäume in unserem kleinen Olivenhain. Das würde eine prima Koppel abgeben, mit viel Schatten für unsere Rösser. Gesagt - getan, mit Bohrmaschine,

Isolatoren und E Band bewaffnet, begann ich den schönen Hain einzuzäunen. Ein alter andalusischer Nachbar namens Juan, schaute mir dabei zu. Er saß eine Weile am Rand des Hains, kaute auf einem Blumenstengel herum, bis er schließlich fragte: „Was hast du da vor?" Für mich war völlig klar, was ich da tat, für Juan wohl eher weniger. Höflich antwortet ich: „Das wird eine neue Koppel für die Pferde, hier haben sie schön Schatten, wenn es heiß wird im Sommer." Juan kaute eine Weile nachdenklich auf seinem Stengel weiter, bis er schließlich sagte: „Die fressen dir die Bäume kaputt." Ich grinste nur. „Nee, Juan, keine Sorge, Pferde mögen keine Olivenbäume, die gehen da nicht ran." Als ich damals noch sehr deutsch war, wusste ich natürlich alles besser, glaubte ich jedenfalls. Juan erwiderte nur trocken: „Du wirst sehen, sie werden sie zerstören."

Na gut, ich ließ ihn in seinem Glauben. Gegen Nachmittag war ich fertig mit dem Einzäunen und konnte die ersten Rösser auf die schöne, neue Koppel stellen. Es lag genug Luzerneheu auf dem Boden, und es gab Stroh. Die Pferde zeigten nicht das geringste Interesse an den Bäumen. Pah, hatte ich es doch gewusst, dachte ich mir. Ich weiß nicht, wie es passiert war, aber wenige Wochen später waren sämtliche Rinden der Olivenbäume abgefressen. Das Luzerneheu war mittlerweile ausgegangen, Nachschub war leider nicht zu kriegen. Eines schönen Tages kam dann Juan wieder vorbei, um uns mit dem Gemüsegarten zu helfen. Das erste was er sah, waren die heiligen,

abgefressenen Olivenstämme. „Oh Gott!", rief er. „Oh Gott. Jetzt ist es passiert. Ich hab es dir doch gesagt. Die gehen dir kaputt, du wirst sehen."
 Ich warf einen kritischen Blick auf die Bäume und sagte nur: „Ach Juan, die erholen sich schon wieder. Solange die Pferde Schatten haben, bin ich zufrieden. Ich mag eh keine Oliven." Entrüstet zog Juan die Stirn kraus. Er konnte nicht begreifen, dass ich nicht auf die Bäume aufgepasst hatte. „Du wirst auch bald keinen Schatten mehr haben, die sterben dir ab!", meinte er schließlich.
Ich dachte mir nur meinen Teil, man muss ja aus einer Mücke keinen Elefanten machen. Aber er sollte Recht behalten. Als der dicke und verfressene Riese Riko sowohl seinen Hintern regelmäßig an den Bäumen schubberte und damit die Rinden weiterhin systematisch zerstörte, wurden die Blätter schließlich braun, und ein halbes Jahr später war es dann auch vorbei mit meinem schönen, schattigen Olivenhain. Man sollte eben auf die Älteren öfters mal hören. Und damit wäre auch meine Ansicht widerlegt, das Pferde nicht an Olivenbäume gehen. Sie haben außer der Rinde auch noch die Zweige abgefressen. Und selbst die Oliven verschmähte ganz besonders Riko auch nicht.

Ciprion, der magische Türöffner

Als der Andalusierhengt Ciprion zu uns kam, wurde unser tägliches Leben unheimlich und spannend. Mittlerweile hatten wir immer mehr Arbeit, und ich musste eine Praktikantin einstellen, um das Tagespensum schaffen zu können. Dadurch dass ich zu dieser Zeit auch noch begann, Pferde nach Deutschland zu verkaufen, war es einfach alleine nicht mehr zu schaffen. Ich arbeitete von früh morgens bis spät in die Nacht hinein, denn meine Reitgäste mussten ja auch noch betreut werden. Und die neuen Verkaufspferde sollten ja auch im Training bleiben. Als ich eines Morgens runter zum Stall ging, um zu sehen, was meine Praktikantin machte, und um ihr eventuell zur Hand zu gehen, schauten meine Augen dumm aus der Wäsche, als Ciprion, der Neue, nicht auf seiner Koppel stand, sondern im Kaktushang. Genüsslich fraß er die großen „Chumboblätter" und freute sich seines Lebens außerhalb der langweiligen Koppel, auf der sich nichts anderes befand als trockener Sandboden. Ich wies meine Praktikantin darauf hin, und fragte sie, ob sie nicht bemerkt hatte, dass er nicht auf der Koppel stehen würde. Nein, das hatte sie wohl nicht. Nachdem wir überprüften wo eine undichte Stelle im Zaun der Koppel war, sahen wir, dass das obere Elektroband auf der Erde lag, mitsamt dem Griff. Na ja, das kann ja mal passieren, dass sich so ein Griff lösen konnte, dachte ich mir. Wir holten den Ausreißer wieder rein. Ciprion war ein sehr braver Hengst, der auch völlig gelassen wieder auf seine Koppel trottete. Ganz nebenbei war er auch noch ein wunderhübscher Kerl, ein Rappschimmel mit einem Behang, der bis zu seinem Ellebogengelenk reichte. Also war er außer schlau auch noch schön. Fast elfenhaft schön, so das man meinte, dieses Pferd könnte kein Wässerchen trüben. Aber am nächsten Tag die gleiche Geschichte. Er stand wieder in dem Kaktushang. Ab sofort ordnete ich an, dass er unter Beobachtung stehen würde. Meine Praktikantin sollte mal die Augen offen halten, wie er sich da ständig aus dem Staub machte. Am nächsten Morgen versteckte sie sich in einer Box, um die Sicht auf seine Koppel frei zu haben, er sie aber nicht entdecken konnte. Es dauerte auch nicht lange, da pirschte sich der Bursche in Richtung Eingang seiner Koppel, öffnete das Maul, nahm den Griff darin auf und öffnete ihn so kinderleicht, als wäre er mit Torgriffen öffnen groß geworden. Das obere Band fiel zu Boden, Ciprion hob die linke Vorderhand und stieg über das untere Band, dann nahm er die rechte Vorderhand und stieg ebenfalls hinüber und mit der Hinterhand hüpfte er einfach nur nach, und schwups, war er draußen. Gemächlich zog er wie gewohnt zu seinem Kaktushang, und begann die stacheligen Riesenblätter zu beknabbern. Wir mussten uns die Bäuche halten vor Lachen. Leider machten wir zu seinem großen Bedauern dem Ausreißen ein Ende, und sicherten den Torgriff noch zusätzlich ab, so dass er ohne menschliche geschickte Finger nicht mehr zu öffnen war. Den unteren übrigens auch, denn man weiß ja nie. Wenn man ein Pferd hat das so schlau ist, sollte man es nicht darauf ankommen lassen. Am nächsten Tag amüsierten wir uns königlich über das Gesicht Ciprions, als er es erneut versuchte und feststellen musste, dass sein Wissen nicht mehr funktionierte. Man konnte ihm förmlich ansehen, wie es in seinem großen Pferdekopf grübelte. Er war hartnäckig, das muss man ihm lassen. Mindestens eine Stunde lang stolzierter er hin und her, als würde er nach einer neuen Idee suchen, pirschte sich dann erneut an den Eingang und verrenkte sein Maul und seine Zunge so eigenartig, so das wir uns schief und krumm lachten. Aber es gelang ihm leider nicht mehr das Tor zu öffnen.

Veronica – der Prügelknabe

Als Veronica, eine 8 jährige Fliegenschimmeldame, in unseren Stall einzog, hatten wir einige Turbulenzen zu erleben. Wir wollten sie nach der üblichen Eingewöhnungszeit in unsere bestehende Herde auf der Koppel eingruppieren. Cariñosa, eine kastanienbraune, bildhübsche reinrassige PRE Stute war die Chefin, danach folgte in der Rangordnung Ladie, eine Hispano

Araber Dame, dann Alazana, eine Andalusier-Percheron Mix Stute. Insgesamt waren die Damen sehr friedlich, allerdings respektierten sie Cariñosa ohne Widerworte. Wir trennten die Koppel zunächst und ließen Veronica mit Ladie zusammen raus, Alazana und Cariñosa befanden sich auf der anderen Seite. Alles lief gut, mehrere Tage lang. Cariñosa schien die Neue nicht im Geringsten zu interessieren und wir werteten das als gutes Zeichen. Nach einer Woche ließen wir die Herde dann zusammen. Man muss dazu sagen, dass Veronica bei ihrem vorherigen Besitzer alleine gehalten wurde, und ich glaube, sie sprach nicht die gleiche Sprache wie die anderen Pferde. Es sah so aus, als würde sie Drohgebärden nicht rechtzeitig wahrnehmen und assoziieren können. Unbewusst provozierte sie so die Herdenchefin Cariñosa. Dazu brauchte sie noch nicht mal 2 Minuten, als sie mit den anderen zusammen. stand. Cariñosa fühlte sich in ihrer Rolle als Herdenchefin wohl bedroht, binnen von Sekunden stürzte sie sich auf die Neue und begann sie nach Strich und Faden zu vermöbeln. Das war in sofern nicht ganz ungefährlich, weil die Pferde zu dieser Zeit noch alle Hufeisen trugen. Unsere kleine Herde geriet in völlige Aufruhr, alle Mädels stoben im wilden Galopp über die Koppel, die eben auch nicht sonderlich groß war, so dass Veronica kaum eine Chance hatte, der furiosen Cariñosa zu entkommen. Peng, da hatte sie beide Hinterhufe mit voller Kraft vor die Brust bekommen. Noch nicht von diesem Tritt erholt, wurde sie sofort wieder angegriffen, Cariñosa biss sich in ihrem

Mähnenkamm heftig fest. Und da kam der Moment, wo ich noch nie stolzer war auf meine Stute Ladie. Die sanfte, schneeweiße Ladie, die sich ansonsten immer im Hintergrund hielt, hob stolz den Kopf und schoss todesmutig auf Cariñosa los, um ihre neue Freundin Veronica zu verteidigen. Mit Nachdruck und viel Kraft holte sie aus und warf sich gegen Cariñosa, schob sie so von Veronica weg, drehte ihr dann noch das Hinterteil zu und holte einmal kräftig aus. Cariñosa war so verdutzt, dass sie von Veronica abließ, und schnaubend den Kopf schüttelte vor Überraschung. Als sie sich wieder von diesem unerwarteten Angriff erholt hatte, wollte sie erneut auf Veronica los, aber Ladie ließ ihr keine Chance auch nur näher als 5 Meter an ihre Freundin heran zu kommen. Sie schirmte Veronica hermetisch ab und schützte sie. Von diesem Moment an war uns klar, dass wir die Pferde in zwei Gruppen teilen mussten, um Verletzungen zu vermeiden. Da wir unsere Pferde auch als Schulpferde für den Unterricht brauchten, konnten wir es uns nicht erlauben, dass eines von ihnen wegen Wunden ausfiel. Seufzend machten wir uns an die Arbeit, und trennten die Koppel in zwei Abschnitte. Und wir versorgten drei Wochen lang Veronicas heftige Verletzungen. Der Mähnenkamm war fett angeschwollen, so dass sie den Hals nicht mehr senken konnte, wegen der heftigen Quetschung, die ihr Cariñosa zugefügt hatte. Der Brusttritt entzündete sich, so dass ein Abszess entstand. Der Tierarzt musste kommen zum aufschneiden, Eiter ablassen und Drainage legen, um die Wunde spülen zu können. So kann es kommen. Veronica tat uns unendlich leid. So hatten wir aber gelernt unsere Herdenchefin in Zukunft nicht zu unterschätzen. Wir fielen nicht mehr auf ihr mildes Herrschen rein.

Michael Jackson hängt an der Stalldecke

Wenn man einen Pferdestall in der Steinwüste von Tabernas hat, muss man mit so einigen anderen heimischen Tieren rechnen, die sich im Stall durchaus ebenso wohl fühlen, wie die eigenen Pferde. Ab und zu verirrt sich mal eine Viper im Stroh, giftige Hundertfüßler machten sich breit und ähnliches Getier. Unsere Blicke schulten sich nach und nach immer mehr auf diese gut getarnten Tiere, die oft die gleiche Farbe aufwiesen wie das Stroh. Meist hatten unsere Mitbewohner aber mehr Angst vor uns als wir vor ihnen, und suchten immer rasch das Weite wenn sie uns Menschen bemerkten. Allerdings hatten wir noch nie zeitweilige Bewohner an der Decke hängen. Meine Freundin Vena bemerkte einen neuen Gast eines Morgens, als sie prüfend an die Decke schaute. Ab und dann muss man auch dort mal Spinnweben wegfegen.

Nicht weil man soooo reinlich sein muss im Stall, denn Spinnennetze sind prima geeignet, um die Mücken und Stallfliegenaufkommen einzugrenzen. Sie sind allerdings auch gefährlich, falls mal ein Brand ausbrechen sollte. Wie Zündschnüre entfachen sie in einem solchen Fall, und die Flammen können sich so den Weg durch den ganzen Stall suchen. Jedenfalls an diesem Morgen stellte Vena fest, das wir einen ganz bezaubernden, neuen Stallgast hatten. Er hing an der Decke, mit dem Kopf nach unten, und streckte dass kleine, vorwitzige Näschen nach unten Richtung Boden. Vena kam sofort die Nase von Michael Jackson in den Sinn, daher taufte sie die Fledermaus auf den Namen Jackson. Jackson hielt es eine ganze Weile bei uns aus, und wir machten viele Fotos von ihr, der andalusischen Feldermaus. Aber eines Tages war sie verschwunden und wir bedauerten den Auszug von Jackson doch sehr.

Die Krähen kommen

Jedes Frühjahr, wenn die Pferde ihr Winterfell wechseln, kommen gleichzeitig auch die Krähen ins Land. Anfangs kamen wir uns vor wie im Hitchock-

Film „Die Vögel", weil sie scharenweise auftraten, wild umher flogen und flatterten, und lauthals krächzend bekannt gaben, das sie nun auch da waren. Für unsere Pferde begann die Zeit der Wonne und des Wohlfühlens ohne Ende. Denn die Krähen setzten sich oft zu Fünft auf einen Pferderücken, und begannen, das lose Winterfell heraus zu zupfen. Ein Beautymonat vom Feinsten, der pure Luxus für die Pferde. Besonders unsere Ladie genießt die Zeit immer in vollen Zügen, spaziert mit den Krähen auf dem Rücken völlig gelassen über die Koppel, und die Krähen versuchen dabei verzweifelt, das Gleichgewicht zu halten. So kann man mit gutem Gewissen durchaus behaupten, dass unsere Pferde nicht nur Lehrmeister für Menschen sind, sondern auch Vögeln kompetenten Reitunterricht geben.

Als Veronica die Krätsche machte

All unsere Stuten waren immer sehr fleißige und absolut zuverlässige Pferde, wenn es um das Thema Reitunterricht und Reittouren ging. Und niemand trug seine Reiter so brav und sicher wie unsere Stute Veronica. Ob 2 Stunden Ausritte, 4 Stunden, oder gar Tagesritte: Veronica lief wie ein Uhrwerk. Am Anfang der Touren war sie immer die letzte, wir mussten oft langsamer gehen, damit sie mitkam, aber am Ende, als es dem Stall zuging, war sie meist vorne zu finden in der Gruppe. Sie hatte einfach die Ruhe weg. Aber wenn es Veronica reichte, dann hatte sie eine ganz eigene Art dies auszudrücken. So kam es, dass wir eines Tages schon 3 Stunden unterwegs waren. Es war heiß, andalusischer, staubtrockener Sommer eben. Veronicas Reiter war noch recht unerfahren. Ich weiß nicht warum, vielleicht tat ihr auch einfach der Rücken weh, oder sie war der Ansicht, dass eine Pause nötig war. Jedenfalls blieb sie plötzlich stehen, begann die Vorderhände vorzustrecken, das Gleiche tat sie dann mit den Hinterhänden. In der Mitte wurde sie immer tiefer, und ihr Bauch schien dem Boden nicht mehr weit fern zu sein. Wir anderen schauten dem Schauspiel verdutzt zu. Sie machte unmissverständlich mit dieser Geste klar: Jetzt reicht es, absteigen, Pause. Sie war nicht dazu zu bewegen, weiter zu gehen. Ich ließ ihr lachend ihren Willen und auch ihr Reiter schmunzelte, und meinte, er könne durchaus verstehen, dass das arme Tier seine geringen Reitkenntnisse satt hätte. Also stiegen wir alle ab und legten eine Pause ein. Veronica war sehr zufrieden, begann glücklich an den verdorrten Grashalmen zu naschen. Nach einer halben Stunde war alles wieder gut, unser Gast durfte wieder aufsteigen und sie ging fröhlich weiter. In weiterer Zukunft lernte ich, Veronicas Pausensignal schon im Vorfeld zu beachten und zu respektieren, und richtet die Pausen nach ihrem Befinden ein. Immerhin musste sie immer die Reiter tragen, die am wenigstens Erfahrung mit der Reitkunst hatten. Daher schien es mir nur gerecht, ihren Wünschen zu entsprechen.

Leonardo – der Beißer

Ich habe bisher noch nie einen schöneren Hengst gesehen als den PRE Leonardo, der damals, als ich ihn kaufte, Broco hieß. Ich fand diesen Namen aber unter der Würde seiner Schönheit und taufte ihn um in Leonardo. Angeblich soll es Unglück bringen, wenn man einem Pferd einen neuen Namen gibt, und ich weiß nicht, ob diese Weisheit stimmt, aber in diesem Fall traf sie, sei es aus Zufall oder anderen Gründen, durchaus zu.

Kurz und gut: Leonardo war ein traumhaft schöner spanischer Hengst mit wallenden, dichten Behang. Noch dazu ein Fuchs, diese Deckhaarfarbe gibt es innerhalb der Rasse PRE sehr selten. Früher war sie aus der Zucht ausselektiert, genauso wie Rappen. Heute ist sie aber wieder absolut aktuell und sehr gefragt. Die Rappen übrigens auch. Leonardos Mähne jedenfalls reichte fast bis zum Vorderfußwurzelgelenk, und den Schweif musste ich ein Stück kürzen, denn er schleppte schon auf dem Boden entlang. Als Leonardo zu uns kam war er leider ein notorischer Beißer. Ohne ersichtlichen Grund ging er jeden Morgen auf jeden los, der ihm seine Boxentür öffnete, um ihn zu füttern. Natürlich fanden wir vorübergehend Lösungen für dieses Problem, aber nichts wirklich effektives, das in seinem Gehirn abgespeichert wurde. Jeden Tag die gleiche Gefahr für uns. So ging es nicht weiter, mit Geduld und Liebe kamen wir nicht weiter, Schläge auf das Maul wollten wir vermeiden, damit er nicht kopfscheu werden würde. Da kam mir ein Geistesblitz, manchmal sind es ganz kleine Dinge, die so etwas in den Griff kriegen können, in diesem Fall war es ein spitzer Filzstift. Ich dachte mir, gut, wenn er jeden Morgen beim Türöffnen in die Hand beißen will, von der Person die ihn füttern möchte, hält diese Person einfach versteckt zwischen Daumen und Zeigefinger einen Filzstift parat. Das Pferd würde dann automatisch von alleine sozusagen in den Filzstift laufen und ins Maul gepiekt werden. Ich erzählte Vena von meinem Plan, wir wägten ab, ob wir ihn dadurch nicht völlig misstrauisch gegen Menschen machen würden. Nach einer Weile hin und her, ließen wir uns durch unsere weibliche Intuition dazu verleiten, diese Methode einmal auszuprobieren. Ihr könnt euch die Wirkung nicht vorstellen: er war innerhalb von 5 Sekunden von seinem Problem erlöst worden. Beim morgendlichen Tür öffnen kam er wie immer angeschossen, wollte in meine Hand beißen, der Filzstift piekte ihn direkt ins Maul. Er schoss erschrocken zurück, prustete entrüste und völlig verstört vor sich hin, schüttelte wild mit dem

Kopf hin und her, während ich ihm gut zu redete: „Och, was war denn das, du Armer, was hat dich denn da gepiekt?????" Ich ging auf ihn zu und liebkoste seinen Kopf und Hals. Von diesem Morgen an war er das liebste Pferd der Welt, der nie wieder auch nur Anstalten machte, Menschen, die ihn füttern wollten, in die Hand zu beißen. Er wurde auch nicht scheu oder ängstlich dadurch. Im Gegenteil, einmal Paroli geboten, alles gut, für immer kuriert. Von Leonardo mussten wir uns trennen, als er unglücklicherweise in einem Gitter mit dem Huf hängen geblieben war. Die Spätfolgen die anfangs nicht abzuschätzen waren, machten ihm zu schaffen. Ein Knochenchip hatte sich im Fesselgelenk durch dieses Trauma entwickelt. Allerdings erst ein halbes Jahr später, und er lahmte währenddessen auch nie. Ich entschloss mich dazu, ihn in der Veterinärsuniversität in Murcia operieren zu lasen, nachdem wir bei einer Lahmheit, die plötzlich aufkam Röntgenbilder haben machen lassen. Aber das Gelenk erholte sich nicht mehr, über ein Jahr lang versuchten wir alles Mögliche, aber das Bein wurde steif, und er hatte höllische Schmerzen. So ließ ich ihn schweren Herzens einschläfern, nachdem mir 2 weitere Tierärzte zu diesem Schritt geraten hatten. Adios Leonardo, du warst ein herrliches Tier. Einfach unvergesslich.

Schnell wie ein Sausewind

Könnt Ihr Euch noch an die Zeiten der ersten Handys erinnern, die so groß waren wie ein Safari Walkie Talkie und eine Antenne hatten, so lang wie ein Lineal? Meine Reittouren mit den Gästen wurden immer länger und mir schien die Anschaffung eines solchen sehr notwendig. Aus Sicherheitsgründen, man könnte mal ein Eisen verlieren, oder einem Gast würde es nicht gut gehen, oder einem Pferd passiert etwas unterwegs. Also kaufte ich mir ein solch praktisches Teil. Äußerst blödsinnig ist es allerdings, wenn man es in den Satteltaschen verstaut. Warum? Das will ich Euch erzählen. Wir waren wieder mal auf großer Tour, Rociero und ich führten die Gruppe mit drei weiteren Reitern an. Die Pferde schnaubten zufrieden vor sich hin, die Atmosphäre war unglaublich schön. Ab und dann zickte Cariñosa in Richtung Veronica, die hinter der Gruppe herzuckelte, wie immer in ihrem gemächlichen „Kommt nicht heute, kommt vielleicht morgen" Tempo. Wir durchstreiften wunderschönes wildes Gelände, ausgetrocknete Flussbetten und kamen schließlich nach einem anstrengenden Anstieg hoch oben auf einem Bergkamm der Sierra de Alhamilla an. Von dort aus hatten wir einen herrlichen Blick auf das einsam gelegene Dorf Tabernas und die umliegende, endlose Weite der Steinwüste. Ich beschloss vor dem

Abstieg eine Rast einzulegen. Die Pferde waren geschwitzt und konnten eine Pause sicher gut brauchen. Meine Gäste waren so begeistert von der Schönheit der Landschaft, dass sie unbedingt Fotos machen wollten. Zunächst blieben sie auf den Pferden sitzen, so wünschten sie sich die Bilder, also fotografierte ich los. Rociero und ich waren ein eingeschworenes Team und wir empfanden eine große Zuneigung zueinander, so dass es mit ihm schwierig wurde, die gewünschten Fotos zu machen. Immer wenn ich auf den Auslöser drückte, forderte er meine Aufmerksamkeit und stupste mich an. Dadurch verwackelte ich alle Fotos. Kurz und gut, ich ließ die Zügel los, und war mir ganz sicher, dass er stehen bleiben würde. Ich entfernte mich etwa 2 Meter von ihm, und begann erneut, Fotos zu schießen. Währenddessen entfernte sich Rociero langsam und ruhig, und somit unbemerkt von mir. Meine Gäste dachten, das Ross würde schon bei uns bleiben, und machten mich deshalb nicht auf diesen Umstand aufmerksam. Als er etwa 10 Meter von uns entfernt war, fiel mir auf, dass diese Distanz eindeutig zu weit war. Ich rief ihn zu mir, normalerweise war er sehr anhänglich, hörte, wenn ich ihn rief. Aber dieses Mal nicht; die Freiheit lockte zu sehr. Er warf mir einen beinahe abschätzenden Blick zu, als würde er nachdenken: „Was mache ich? Geh ich wieder zurück, oder guck ich mal, ob es hier irgendwo mehr Spaß geben könnte?" Ich wurde unsicher, er würde sich doch wohl nicht aus dem Staub machen und mich hier auf dem Berg stehen lassen? Aber genau das hatte er wohl beschlossen. So schnell gucken konnten wir gar nicht, da war er auch schon weg. Wild buckelte er um sich herum, die Satteltaschen hüpften auf und ab und aus seinem Allerwertesten schossen Freudenpupse. Und in den Satteltaschen war: mein Handy. Modell Safari, das man immer bei sich tragen sollte. Was das bedeuten soll, weiß ich nun. Seit diesem Tag trage ich es immer in meiner Reithosentasche. Einer meiner Reitgäste reagierte sofort, und schoss hinter Rossi her. Im vorbei galoppieren rief er mir nur noch zu: „Ich hole ihn ein, ganz sicher", und weg war er. Er ritt mit Cariñosa davon. Veronica und Ladie waren die Ruhe selbst, sie machten keine Anstalten auch nur irgendwie hinterher zu wollen. Ich war völlig verzweifelt, panische Bilder schossen mir in den Kopf, Pferd rennt ins Dorf, über die Strasse, der Lastwagen mit den Gasflaschen kommt gerade vorbei, will dem Pferd ausweichen, rast in die Tankstelle, und das ganze Dorf Tabernas würde explodieren. Ich neige dazu, mir die dramatischsten Sachen zusammen zu spinnen in solchen Situationen. Also sputete ich zu Fuß hinter meinem blitzschnellen Ross her. Wie König Richard, der auch sein Pferd verloren hatte. Meine Gäste stiegen auf ihre Pferde und trotteten mir nach, hatten mich aber rasch eingeholt. Klar, so ein Vierbeiner ist schneller als ich mit nur zweien. Nach 4 km Fußmarsch machte sich an meiner Ferse eine dicke Blase breit, denn meine Farmerstiefel waren noch relativ neu. Höllisch brannte die Ferse, als die Blase aufging. Aber egal, weiter im gestreckten Galopp. Erschöpft kam ich im Dorf an und betrat einen

Schreinerbetrieb, um dort telefonieren zu können. Da ich davon ausging, das Rossi den Weg zum Stall finden würde, musste ich meine Praktikantin warnen. Sie sollte die Hengste von den Koppeln in die Boxen bringen, damit sie nicht durchdrehen würden, wenn der Sausewind anraste. Und jemand musste mit dem Auto los, um Rossi aufzuspüren, falls er nicht den Weg Richtung heimatlichen Stall wählen würde. Rasch bedankte ich mich beim Schreiner, dass ich telefonieren durfte. Dann sputete ich wieder los, auf der Suche nach meinem verlorenen Pferd. Die Gäste ritten brav neben mir her. Sie kannten sich nicht aus, insofern war es besser, sie bei mir zu wissen, als eventuell noch vier weitere Geschöpfe Gottes suchen zu müssen. Kurze Zeit später traf meine Praktikantin mit dem Auto an, lud mich ein, und wir brausten los, auf den Spuren meines kastanienbraunen, heißblütigen und sehr schnellen Rociero. Tausend Sachen gingen mir durch den Kopf, ich hatte große Angst, dass sich das Pferd vielleicht ernsthaft verletzt hatte, denn seine Zügel waren über den Hals gefallen, was ich bei seinem Abgang noch erkennen konnte. Wenn er darin hängen bleiben würde, könnte er sich das Genick brechen. Unterwegs fragte ich die Passanten auf der Strasse, ob sie ein Pferd gesehen hatten. „Oh, ja", meinten diese, „und zwar ein sehr schnelles." Man hatte ihn kaum erkennen können, so schnell wäre er an ihnen vorbei gerauscht. Richtung Ortsausgang. Oh Himmel, bitte, dachte ich nur, das lag auf dem Weg zur Nationalstrasse, die recht stark frequentiert war. Also rasch hinterher. Plötzlich entdeckte ich ihn, den Schlingel. In einem Karosseriebaubetrieb stand er angebunden am Zaun, sein Körper war mit schneeweißem Schaum bedeckt von seinem Schweiß, und die Flanken hoben und senkten sich heftig. Mein Zorn auf ihn war sofort dahin geflogen. Ich hoffte, dass er nicht verletzt war. So ging ich hinein, und untersuchte ihn gründlich. Der Chef des Betriebs kam gleich zu mir und erklärte, dass seine Mitarbeiter ihn eingefangen hatten, als er auf den Hof gebraust war. Und sie hätten ihn sicherheitshalber mal angebunden, denn sicher würde ihn ja jemand suchen. Ich dankte dem Herrn in einem Stoßgebet, drückte dem Meister ein paar Peseten in die Hand, damit die Männer ein Bier trinken gehen konnten zur Belohnung. Danach inspizierte ich meinen Helden. Er war topfit, nur sehr, sehr erschöpft. Ein Zügel war gerissen, der Rest der Ausrüstung war in Ordnung. Ihr könnt Euch nicht vorstellen wie erleichtert ich war. Meine Praktikantin schickte ich mit dem Auto los, damit sie nach den anderen Gästen suchen konnte, um sie sicher heimzubringen. Zwar hatte ich ihnen zuvor den Weg zum Rancho erklärt, aber sicher war sicher. Ich selber stieg auf Rossi, und müde schlürften wir Richtung heimatlichen Stall. Ich konnte leider nicht mehr laufen, sonst hätte ich es ihm erspart, mich tragen zu müssen, nach dieser Anstrengung. Aber meine offene Blase machte mir einen weiteren Fußmarsch geradezu unmöglich. Eins habe ich gelernt: Niemals wieder werde ich ein Pferd im Gelände ohne Zügel stehen lassen, auch wenn es mich scheinbar noch so liebt. Und Rossi schon mal sowieso nicht.

Shira und die Prozessionsspinner

Eines Morgens als ich runter zum Stall ging, war Vena schon in heller Aufregung. Ich fragte was los wäre. „Schau dir Shira mal an, ich weiß nicht was mir ihr los ist, sie sieht fürchterlich aus!", rief sie nervös. „Ich wollte dich gerade holen." Rasch lief ich auf Shiras Koppel. Am ganzen Fell machten sich dicke Quaddeln breit, sie drehte sich wie wild um sich selber, die Quaddeln schienen höllisch zu jucken. Ihr Maul war mit Schaum und Spucke bedeckt und aus den Nüstern lief dicker Nasenrotz. Aufgrund meiner mittlerweile jahrelangen Erfahrung mit Pferden ließ mich sofort vermuten, das wir es mit einer allergischen Reaktion zu tun hatten. In Veterinärskunde musste man sich hier auskennen, denn bis der nächste Tierarzt kommen würde, könnte ein Pferd schon längst verendet sein. Daher hatte ich auch einen ordentlichen Medikamentenvorrat in meinem Kühlschrank. Ich hatte bei meinem Tierarzt fachkundig gelernt, Pferden Injektionen zu verabreichen, für den Fall des Falles war das sehr hilfreich. Um nicht zu sagen, sogar lebensnotwendig für die Tiere. Im Fall Shira war es zunächst einmal sehr schwer sie von ihrem Juckreiz abzulenken. Vena versuchte es mit einem gefüllten Futtereimer, während ich rasch eine Spritze mit Urbason, ein hoch dosiertes Kortisonpräparat, das man bei allergischen Reaktionen anwendet, aufzog. Ich betete zu Gott, dass ich die Vene sofort treffen würde. Aber Shira wollte nicht still halten, also blieb uns nur der Einsatz der Nasenbremse. Das Gezappel hörte für einen kurzen Moment auf, und ich nutzte die Gunst der Stunde und setzte die Nadel in der Drosselvene an. Geschafft! Langsam injizierte ich das Medikament. Danach brachten wir Shira in ihre Box. Es dauerte etwa 15 Minuten, dann war der Spuk vorbei. Der Nasenrotz versiegte, Schaum und Spucke verschwanden, und auch die Quaddeln gingen langsam zurück. Wir konnten aufatmen. Gemeinsam suchte ich mit Vena nach dem Grund dieser allergischen Reaktion. Beim Absuchen der Koppel fanden wir auf dem Boden eine komische Art Schlange. Beim näheren Betrachten stellten wir fest, das es sich um Prozessionsspinner - Raupen handelte. Ihre Härchen, die sie bei Gefahr abwerfen, sind hochgiftig und können auch beim Menschen Atemnot, Juckreiz und Schwellungen der Schleimhäute hervor rufen. Shira musste beim Wühlen im Sand mit den Nüstern daran gekommen sein. Wir hatten nach diesem Vorfall noch weitere Pferde, die auf diesem Koppelabschnitt Probleme hatten wegen diesen Raupen. So entschloss ich mich dann den Pinienbaum, der als Schattenspender gedacht war, abzuholzen. Denn nur in diesen Bäumen fühlten sich die Raupen wohl. Ab und dann marschierten sie aneinandergeheftet Kopf an Popo auf dem Boden herum. Ohne diesen Baum war dann Ruhe, und wir hatten keine weiteren Probleme mehr damit.

Die Quadrille

Um meinen regelmäßigen Stammgästen mal etwas Neues zu bieten kam mir eines Tages der Gedanke, eine Quadrille mit ihnen einzuüben. Es war eine große Herausforderung, denn das reiterliche Niveau war recht unterschiedlich, und ich musste Bahnfiguren und Lektionen mit ihnen einstudieren. Sie übten also alle fleißig für den Tag X, an dem wir die Quadrille unseren Freunden und Liebsten vorführen wollten. Mit von der Partie waren Sandra mit unserem Hengst Gitano, Peter auf Leonardo, Bärbel auf Alarde, dem Pesadekönig. Gefolgt von ihrer gerade mal 8 jährigen Tochter auf unserem Hengst Azor II, und Julia, meine damalige Praktikantin auf Cariñosa. Wir hatten einen leichten Sattelmangel, denn ich machte auch noch mit, auf meinem Friese Riko, um die Quadrille anzuführen. Gemeinsam mit Sandra. Julia erklärte sich bereit,

Carinosa auf dem alten Militärsattel zu reiten, der keine Bügel hatte, aber wir wollten ja keinen Schönheitswettbewerb gewinnen, sondern einfach nur eine Menge Spaß haben. So waren wir also eine recht bunt gemischte, lustige Gruppe, aber wir hatten prachtvolle Pferde. Es ging also los, wir trainierten jeden Morgen fleißig die einzelnen Abschnitte der Quadrille. Von Schulter herein, Kruppe heraus, Trabverstärkungen und Traversalen. Und ich muss wirklich dazu sagen, dass uns ganz besonders die 8 - jährige Tochter von Bärbel sehr beeindruckt hatte. Dieses kleine Mädchen hatte so gut es ging alle Lektionen versucht, aufs Feinste nachzureiten. Sie verdiente meinen vollen Respekt. Und das auf einem Hengst! Und Julia – sie hatte mit dem alten Militärsattel doch sehr zu kämpfen, er passte Cariñosa nicht so richtig, und rutsche laufend hin und her, aber sie schlug sich tapfer. Am Ende der Quadrille sollten Bärbel mit Alarde und ich auf Riko in die Mitte gehen und eine Pesade vorführen. Soweit der Plan. Aber natürlich gab es eine Menge Kuddelmuddel. Beim ganze Bahn kehrt, gingen drei in die richtige Richtung, die anderen in die Falsche, beim Angaloppieren auf dem Zirkel ritten drei auf der linken Hand und drei auf der rechten Hand, was Leonardo entzückend fand, da kam dann doch der Hengst durch. Er grunzte und warb jedes Pferd an, das ihm den Popo zuwendete, Peter hatte ganz schön zu kämpfen. Beim spanischen Schritt benahmen sich meine Pferde so, als hätten sie noch nie davon gehört. Dabei konnten sie ihn alle perfekt, taten aber so, als würden sie ihre Reiter nicht verstehen. Aber letztendlich kam der große Tag, wir führten unsere Quadrille auf. Natürlich mit Musik umrahmt. Noch heute schaue ich mir immer wieder gerne das Video dazu an, das ich immer noch aufbewahre und hüte wie einen Schatz. Nie haben wir uns besser amüsiert, als mit dieser Quadrille, und zum krönenden Abschluss ritten wir nach der gelungen Pesade alle zusammen ins Dorf. Es war ein wunderschönes Erlebnis.

Ladie beim Fotoshooting

Hier in unserer Provinz Almeria haben wir eine einzigartige Wüstenlandschaft vorzuweisen. Das hatte auch in den 60er Jahren der Regisseur Sergio Leone erkannt und ließ seine Italowestern alle hier drehen. Denn in Spanien waren außerdem auch noch die Produktionskosten viel günstiger. Die Landschaft erinnert an das amerikanische Arizona. So haben unsere Pferde schon in so manchen Musikvideoclips mitgemacht, und sind in vielen Modekatalogen zu finden, wenn es darum geht, Westernmode zu präsentieren. Natürlich haben sich die Pferde nicht mit dieser Mode bekleiden müssen, sondern sie waren das Mittel zum Zweck, noch mehr Westernambiente zu vermitteln. So setzten sich beispielsweise die Models auf eines unserer Rösser, mit dem neusten Westernhut bestückt, oder Fransenjacke. Das klingt zunächst einmal alles furchtbar spannend, und wir alle waren anfänglich begeistert ohne Ende, bis wir feststellten, dass so ein Tag am Set doch sehr anstrengend war. Stundenlanges warten, gelangweilte Pferde, zickige und spleenige Models ertragen. Aber nun gut, die Schattenseite erkennt man erst, wenn man so etwas öfters mal mitgemacht hat. Trotz allem sind wir aber natürlich sehr stolz auf unsere Rösser gewesen, die alles mit Bravour geleistet haben. Sie erschreckten sich weder vor den riesigen Lichtreflexleinwänden, die nötig waren, wenn das Wetter mal nicht mitspielte, noch vor dem lauten Knallen der Klappe, wenn die Szene immer und wieder neu gedreht werden musste.

Eines Tages kam eine französische Firma zu uns, sie suchten einen Schimmel, um ihre Models oben drauf ablichten zu können. Wer war da besser geeignet als unsere Ladie, dachten wir und, und so wurde sie dann auch ausgewählt. Ich ritt also mit meiner süßen, schneeweißen Stute zum Set, den Ort für die Aufnahmen hatte ich dem Team zuvor gezeigt. Schließlich kenne ich die Gegend hier wie meine Westentasche. Ladie hielt tapfer durch, obwohl ich an ihren Augen ablesen konnte, dass sie sich nach einer Stunde begann, tierisch zu langweilen. Den Sattel hatte ich ihr abgenommen, und auf Ladies Rücken turnten immer wieder die Models auf und ab. Eine wieder runter, Einzelaufnahme, ein anderes Model hinter die erste, also zu zweit aufs Pferd. Die Mädel waren mit

Bikinis gekleidet, es war die Session für die neue Sommerbademode, und das in der Wüste. Mit Cowboyhüten als Sonnenhüte auf dem Kopf, damit es westernmäßiger aussah. Eines der Models schien mir ziemlich exzentrisch, jedenfalls musste sie immer wieder die erste Geige spielen, und wollte da noch Puder aufs Gesicht haben, und da war noch eine Wimper locker. Oder so ähnlich.

Der Chef wies mich an, die Stute doch einfach loszulassen. Ich hockte zuvor die ganze Zeit neben Ladie, und hielt sie am Zügel fest. Ungern wollte ich sie einfach so stehen lassen, denn ich traute den Mädels nicht wirklich zu, dass sie im Ernstfall die Stute halten könnten. Ich wies ihn auf diese Gefahr hin, erklärte ihm, das Pferde sich auch mal erschrecken könnten, und wenn sie dann einen Satz machen würde, wären die Mädels unten. Aber der Chef lachte nur und meinte: „Ach, lass sie doch einfach los, die ist doch brav." Gut, dachte ich, wenn er meint. Aber wohl war mir nicht bei dem Gedanken. Warum muss ich immer Recht behalten mit meinen Vorahnungen? Es dauerte nicht lange und Ladie war die ganze Turnerei auf ihr ordentlich leid. Als dann die exzentrische Dame hochgezogen wurde von dem anderen Model, stieß sie Ladie ungeschickt mit einem Fuß in die Flanke. Das war dann zuviel. Ladie holte einmal kräftig aus und mit einem Riesenschwung wurden die beiden Mädels in den Wüstensand katapultiert. Meine schneeweiße Stute sprintet los, bald war sie nur noch ein kleiner weißer Punkt am Horizont, weg war sie. Um Ladie machte ich mir keine großen Sorgen, sie lief Richtung Stall. Natürlich nicht, ohne Freudenpupse dabei aus ihrem Hinterteil ertönen zu lassen. Die Models machten mir größere Sorgen, besonders die Exzentrische; sie lag am Boden und hatte anscheinend höllische Schmerzen. Mir war das Ganze sehr peinlich, es tat mir auch furchtbar leid, aber zu Allererst musste ich heimfahren, und sehen ob die Stute gut ankommen würde. Also lieh ich mir ein Auto von der Crew, während diese sich um das verunglückte Model kümmerte. Daheim angekommen stand Ladie schon wie von mir erwartet vor den Boxen der Hengste, und hielt ihnen einladend ihren Popo hin und begann zu rossen. Die Jungs waren mehr als nervös, schnell fing ich sie also ein, und brachte sie in ihre Box. Dann fuhr ich wieder zurück zum Set um zu sehen, wie es um das Model stand. Sie war aber wohl eher erschrocken, als denn wirklich verletzt. Noch mal gut gegangen. Der Chef meinte nur, sie solle sich nicht so anstellen, und das die Fotos eh alle im Kasten wären. Er bedankte sich bei mir, zahlte und ich konnte nach Hause. Ja, manchmal ist die Arbeit am Set anstrengend. Und auch einem Pferd können mal die Nerven durchbrennen, wenn seine Geduld ein Ende hat.

 **Unser erstes geplantes Fohlen**

Jeder, der eine Stute sein eigen nennt, kommt eines Tages auf die Idee, sie decken zu lassen. Noch dazu, wenn man selber die schönsten Hengste dazu im Stall stehen hat, die als möglicher Vater in Frage kommen würden. Wir hatten drei prachtvolle Hengste, und nun die Qual der Wahl, als ich mich dazu entschloss. Meine Verpaarungsidee stand rasch fest: Unser Hengst AZOR mit unserer Stute Cariñosa. Beide reinrassige Spanier, das passte prima, beide kastanienbraun. Die Größe stimmte ebenso. Sowohl Interieur als auch Exterieur wäre doch perfekt für eine Verpaarung. Soweit der Plan. Meine damalige Praktikantin Julia und ich machten uns also ans Werk, als Cariñosa rossig wurde. Zunächst einmal dachten wir an einen Natursprung, also alles den Pferden überlassen. Wir ließen Hengst und Stute also auf der Reitbahn frei, da hätte die Stute Platz um den Hengst auszuweichen, falls es nicht der richtige Tag wäre, um sie erfolgreich belegen zu können. Aber auch am vierten Tag stellte sich Cariñosa einfach nur zickig an, und vermöbelte den armen Azor nach Strich und Faden. Ich hielt gerade die Kamera in der Hand um einen Video davon zu drehen, sie fiel mir aber vor Schreck aus der Hand und somit auf den Boden, als der Hengst nun endgültig die Nase voll hatte, von dieser unwilligen Verlobten. Er hatte nur

noch eins im Kopf nämlich die Dame zu decken. Es wurde gefährlich, denn er drängte sie an die Reitplatztorstange, Cariñosa sah keinen Ausweg, wir mussten eingreifen, bevor sie in Panik geraten würde und sich möglicherweise verletzte. Irgendwie schafften wir es die beiden zu trennen, was nicht ganz ungefährlich ist, denn wenn ein Hengst decken will, ist er nur schwer davon abzubringen.
Aber wir hatten Glück, unsere jahrelange Erfahrung half uns dabei. AZOR war motzig, stinkig und benahm sich einfach unmöglich, als ich ihn nach oben zum Stall brachte. Julia hatte schon zuvor die Stute hoch geführt, sonst hätte ich ihn wahrscheinlich nie dazu bewegen können, sich vom Reitplatz zu entfernen. Trotzdem tat mir der Hengst leid, er musste furchtbar frustriert sein, und ich konnte das nachvollziehen. Julia meinte, warum wir denn nicht einfach Ladie nehmen würden, sie wäre gerade schön rossig, und wenigstens hätte der Hengst dann seinen Spaß. Und von einmal würde es sicher kein Fohlen geben. Nach einigem Nachdenken fand ich diese Idee nicht schlecht, und wir holten Ladie, hielten sie einfach am Strick fest, denn sie schien mehr als bereit. Und so kam Azor dann doch noch zu seinem heiß ersehnten Deckakt. Danach war er der glücklichste Hengst der Welt. Ladie war immer sehr an den Herren interessiert, selbst Wallache baggerte sie ständig an, so das man ganz rot im Gesicht wurde, wenn man ihr dabei zuschaute. Insofern war es einfach sie belegen zu lassen. Cariñosa hatte es Azor wirklich schwer gemacht, sie kniff die Pobacken zusammen und

klemmte den Schweif davor. Es sollte wohl nicht sein, sie lehnte ihn als möglichen Vater ihres eventuellen Fohlens anscheinend ab. Da kann man nichts machen. Mit Ladie wollte ich eigentlich nicht züchten, denn sie war eine Hispano - Araber Kreuzung, und mir schwebte ein Fohlen vor mit vollen PRE Papieren. Aber na ja, ich glaubte eh nicht daran, dass das Decken beim ersten Mal klappten würde. Aber weit gefehlt. Sicherheitshalber bestellte ich den Tierarzt 2 Wochen nach dem Deckakt. Und Bingo: Ladie war tragend. Ich seufzte. Die Natur hatte es wohl so gewollt. Natürlich freute ich mich aber trotzdem riesig, es würde sicher eine aufregende Zeit werden, meine Stute während der Tragzeit zu beobachten.

Der Bienentag

Es war an einem wunderschön warmen Sommertag, als meine Freundin Eva und ich auf Idee kamen, mit unseren beiden prachtvollen Hengsten einen Ausritt mal nur zum Vergnügen zu unternehmen. Ohne Reitgäste, ohne Rücksicht auf andere nehmen zu müssen. Und man musste unterwegs nicht laufend erklären welche Pflanze welche war, warum die Steine nun weiß sind oder grau, und um welche Zeit im Jahr man Oliven und Mandeln erntete. Kurz und gut, ein entspannter Ausritt mit der besten Freundin, mit der man babbeln kann wenn man will, und wenn man eben nicht zum Reden aufgelegt ist, dann lässt man es einfach bleiben. Genießt gemeinsam still die Natur, hört dem Hufgetrappel der Pferde zu und erfreut sich an ihrem relaxten und zufriedenen Schnauben. So zogen wir also los. Eva mit ihrem damaligen Hengst Poderoso, den ich später von ihr übernahm, als sie aus unserer Stadt wegzog. Poderoso war mit Abstand das Pferd mit den schönsten Augen, das ich je kennen gelernt hatte. Sie waren mandelförmig, sehr groß und wunderbar glänzend. Und vor allem waren sie ehrlich. Er war schon immer ein kleiner Schelm gewesen, der den Schalk im Nacken sitzen hatte. Und wenn er sich über seine eigenen Schabernacke amüsierte, dann leuchteten diese riesigen Kulleraugen herrlich auf. Er war nicht sonderlich groß, etwa 1,52 m, aber kräftig, mit herrlich langem Behang und einer breiten Brust. Kurze kräftige Beine mit schöner Knieaktion untermalten noch seine Schönheit zusätzlich. Ich ritt auf meinem „Corpus delikti" also auf Gitano. Ein großer PRE Hengst, den ich ja zuvor schon in meinen Geschichten erwähnt hatte. Ein prachtvoller Grauschimmel mit schwarzem Behang. Auch Gitano war einzigartig, vor allem was seine Bewegungen anbelangte. Spektakulär, und noch dazu ein Naturtölter. Einmal in den Tölt gefallen kam man sich da oben vor, als würde man fliegen. Einfach ein unglaubliches Sitzgefühl. Beide Hengste bogen ihre Hälse voller Stolz, es kam uns so vor, als wenn einer schöner und besser sein wollte als der andere, und wir amüsierten uns köstlich über ihr Macho-Gehabe. Aber sie waren friedlich, und wir hatten sie natürlich auch im Griff. Man muss schon etwas „know how" besitzen um mit zwei Hengsten dicht nebeneinander gemeinsam auszureiten. Die Pferde trugen unsere fast noch nagelneuen Sättel, die Eva und ich gemeinsam in einem Reitladen erst vor kurzem gekauft hatten. Spanische Sättel der Marke Lucas, mit Schweifriemen und Lammfell auf der Sitzfläche, sowie elegantes Vorderzeug. Ebenfalls mit Lammfell überzogen. Die knallgelben Bandagen machten das wunderschöne Bild perfekt. So trabten wir fröhlich nebeneinander her. Es war kurz vor einer Anhöhe als Poderoso begann, etwas nervös zu werden. Er tänzelte plötzlich hin und her, traversartig, Eva hatte Mühe ihn zu beruhigen, und wir wussten auch nicht warum er sich so verhielt. Mitten im Trab begann er plötzlich mit den Vorderhänden vermehrt aufzufußen, so als würde er auf irgendetwas treten wollen. Gitano wurde von seiner Nervosität angesteckt, schob einen dicken Hengstkragen, und brummelte zu seinem Kumpel rüber. So langsam kamen wir ins schwitzen, wir hatten Mühe die Hengste unter Kontrolle zu halten. Aber plötzlich war der Spuk vorbei, alles war wieder gut, Poderoso wurde wieder ruhig. Eva und ich schauten uns nur kurz an und meinten: „Machos – was will man machen. So sind sie nun mal." Lachend zogen wir weiter und waren gerade dabei uns wieder zu entspannen, als Poderoso erneut nervös wurde. Und Eva erkannte dann den Grund. Sie

rief nur noch: "Judy, es sind Bienen!" Aber da war es schon zu spät. Ein riesengroßer Bienenschwarm machte sich über uns und die Pferde her. Wir galoppierten sofort los um den Angreiferinnen zu entkommen. Ich glaube so schnell sind wir im ganzen Leben noch nicht geritten. Die Pferde flogen nur so über den Weg, der immer steiler wurde. Aber die Bienen waren hartnäckig, sie stachen uns in den Nacken und in unsere Köpfe, Immer wieder buckelten auch die Pferde wild und schlugen nach hinten aus. Dann ging der Weg abwärts, aber im vollen Galopp zogen die Pferde weiter.
Und die Bienen wollten und wollten nicht von uns lassen. Nachdem wir fast schon wieder unten im Tal angekommen waren, ließen sie endlich von uns ab. Die Pferde fielen erlöst in einen müden Schritt. Und wir jammerten und jammerten. Ich weiß nicht wie viele Stiche wir abbekommen hatten. Mir tat der Kopf höllisch weh, da hatten sie mich am meisten erwischt. Eva machte ihr Nacken zu schaffen, er war ebenso übersäht mit Stichen. Zu allem Überfluss begann Poderoso auch noch zu lahmen, Wir stiegen ab, um zu sehen was mit ihm los war: Ein Eisen war abgefallen. Also heim laufen, und zwar alle. Das ist ein ungeschriebenes Reitergesetzt, wenn ein Pferd-Reiter-Team ein Eisen verliert, laufen alle Reiter ebenfalls. Das nennt man Kameradschaft. Der Tag der Bienen wird für uns unvergesslich bleiben. Wir wissen bis heute noch nicht, was passiert war. Entweder waren wir nur in der Nähe des Bienenstocks gewesen, und die

Tiere haben sich bedroht gefühlt, oder Poderoso war zu Anfang in ein Erdnest getreten. Allerdings hatten wir auch kein sonderliches Interesse dies näher zu erforschen. Die zahlreichen Stiche ließen uns auch Jahre später noch einen gebührenden Abstand zu Bienenstöcken einhalten.

Ein trauriger Abend

Als ich Habanero kaufte, hatte ich große Illusionen und Pläne. Er sollte mein eigener Hengst werden, den ich von der Picke auf ausbilden wollte. Mein Traum war ein persönlicher Showhengst für mich. Er war ein 4 jähriger Braunschimmel, der noch dazu leicht golden glänzte. Ein äußerst liebes Exemplar seiner Rasse. Sein Behang war pechschwarz und bot so einen herrlichen Kontrast zu seinem goldenen Deckhaar. Er war gerade mal 4 Monate bei uns, als er mir die ersten Piaffetritte freiwillig anbot. Ich musste nur ein wenig meine Muskulatur durchspannen. Natürlich wollte ich ihm solch hohe Lektionen nicht in so jungen Jahren abverlangen, aber es war gut zu wissen, dass er anscheinend ein großes Talent für die Hohe Schule hatte, wenn er so leicht an den Hilfen stand. Ihr könnt Euch sicher meine Freude darüber vorstellen, in

Anbetracht, was ich später einmal mit ihm vorhatte. Er war perfekt geeignet, ich hatte mich beim Kauf also nicht geirrt.
Eines Morgens wurde ich wach und hatte höllisch Halsschmerzen und hohes Fieber. Eine Angina hatte sich breit gemacht, ich hatte es Tage zuvor schon gemerkt. Leider ging es an diesem Tag Habanero ebenso schlecht, eine Kolik machte sich bemerkbar. Ich schleppte mich zum Stall, als meine Praktikantin mich rief um nach ihm zu sehen. Koliken waren bei uns eigentlich äußerst selten, aber in seltenen Fällen, wenn wir beispielsweise neues Stroh bekamen, konnte es schon mal vorkommen, das es einem Pferd mal nicht so bekam. Medizin hatten wir natürlich parat. Ich hörte Habanero gründlich mit dem Stethoskop ab. Puls-Atmungscheck, alles war noch im relativ grünen Bereich. So rief ich meinen Tierarzt an, und befolgte seine Anordnungen. Er würde gegen späten Nachmittag vorbei kommen. Ich injizierte ihm ein Kolikpräparat und meine Praktikantin lief ein wenig mit ihm im Schritt, damit er sich nicht wälzen konnte. Mir selber ging es immer schlechter, so das ich zum Arzt ins Dorf fuhr. Dort wurde ich mit einem hoch dosiertem Antibiotika gespritzt, sowie Beruhigungsmittel. Ich kam also ziemlich müde wieder zuhause an. Habanero machte einen recht guten Eindruck, so dass meine Praktikantin mich ins Bett schickte. Sie wäre ja da, meinte sie beruhigend, und wenn sich der Zustand des Hengstes verschlimmern würde, käme sie rauf, um mir Bescheid zu sagen. So legte ich mich erschöpft ins Bett,

und schlief und schlief, bis es Abend wurde. Da klingelte mein Handy, es war meine Praktikantin. Dem Hengst würde es wieder schlechter gehen, und der Tierarzt wäre immer noch nicht da. Sofort sprang ich aus dem Bett, mit einem Schlag hellwach, aber körperlich immer noch völlig erledigt. Das Fieber wollte nicht sinken, mir war schwindelig als ich zum Stall runter torkelte. Ich rief den Tierarzt erneut an. Er versprach so schnell wie möglich zu kommen, er hatte noch einen weiteren Notfall gehabt, entschuldigt er sich. Habanero ging es mittlerweile so schlecht das er sich auf den Boden warf, wir konnten ein Wälzen nicht mehr verhindern, er war wahnsinnig vor Schmerzen. Selbst das Injizieren eines weiteren Mittels machte mir große Mühe. Wir konnten ihn kaum ruhig halten. Da hörten wir den Tierarzt ankommen, Gott sei Dank! Er brauchte nicht lange mit seiner Diagnose, es war ernst, sehr ernst. Rasch zog er Morphium auf und verabreichte es. Nach 20 Minuten wurde der Hengst ruhiger. Leider musste der Tierarzt sofort weiter. Er ließ mir noch 2 weitere Morphiumspritzen da. Aber als er mich ansah um sich zu verabschieden, wusste ich mit einmal, dass er dem Hengst nur den Tod erleichtern wollte damit. Er schüttelte traurig mit dem Kopf, als er meinem fragenden Blick stand hielt und sagte: „Manche Koliken kann man nur noch versuchen chirurgisch in den Griff zu bekommen. Aber eine Fahrt bis in eine Klinik würde er nicht überleben." Trotzdem wollte er ihn nicht einschläfern, denn ganz die Hoffnung aufgeben wäre zu einfach gewesen. Ich werde den Anblick nie vergessen, als ich eine Stunde später eine erneute Spritze in der Hand hielt um sie ihm zu injizieren, seinen Kopf in meinem Schoss haltend. Er starb mir im selben Moment unter meinen Händen weg. Ich hatte nicht mal mehr Tränen, bei seinem Tod, so geschockt war ich. Wäre es mir an diesem Tag besser gegangen, hätte ich dann sein Leben retten können? Mit einer Nasenschlundsonde beispielsweise??? Aber ich war selber so kraftlos gewesen. Wäre der Tierarzt früher gekommen, hätte er dann überlebt? Fragen, auf die ich nie eine Antwort bekommen werde. In ewiger Erinnerung an Habanero, ich hatte dich sehr, sehr lieb.

Die Romeria

In Andalusien sind Romerias ein wunderbarer Brauch. Es ist Tradition, diese kleinen Feste zu feiern, bei denen Pferde immer ein wichtiger Bestandteil sind. Unsere Dorf - Romeria fand im Mai eines jeden Jahres statt. Glücklicherweise wurde sie auch ganz in der Nähe unseres Stalles abgehalten, so dass wir nur 2 km hin reiten mussten. Im Prinzip war eine Romeria nichts anderes als ein Picknick. Aber eben mit Pferden. Und so zog jeder Dorfbewohner, der ein Ross besaß, dort hin. Alle Pferde wurden natürlich herrlich herausgeputzt, und auch die so genanten „Who is Who" Leute waren dort vertreten. Und wenn man so wie ich einen eigenen Reitstall hatte, war es geradezu ein Muss dort zu erscheinen. Aber es machte ja auch Spaß. So begannen meine damalige Praktikantin Jeska und ich, unsere Pferde heraus zu putzen. Die Mähnen und Schweife mussten geflochten, Bandagen anlegt und Sattelzeug putzen werde. Es gab viel zu tun. Nach gut einer Stunde waren wir fertig, denn die Pferde hatten wir am Tag zuvor schon mit Shampoo gewaschen. Mähnen und Schweife hatten wir sogar mit der teuersten Kurpackung von einem hochwertigen Markenprodukt für Menschenhaare bearbeitet. Was für uns zu teuer war, war für unsere Pferde gerade gut genug. So glänzten Riko und Cariñosa nur so um die Wette. Samtschwarzes Fell eiferte gegen schimmerndes Kastanienbraun Nach dem Satteln und bandagieren machte wir uns auch schick. Wir trugen weiße Blusen, blaue, taillierte Westen und .glänzende Lederchaps mit Messingknöpfen. Und zur Feier des Tages legten wir sogar Lippenstift auf, was für zwei Ranchero - Frauen eher ein Ausnahmezustand ist. Wir waren fertig und warteten auf zwei Bekannte, die mit uns hin reiten wollten. Stephanie und Rafael. Da kamen sie auch schon, wir bemerkten ihr Kommen, als unsere Hengste anfingen zu wiehern. Da waren sie noch 500 Meter entfernt. Auf Macho - Instinkte kann man sich verlassen. Die Familie unsere Freunde war schon voraus gefahren, und hatte die Tische und Stühle im Flussbett unter schattigen Eukalyptusbäumen

aufgestellt, und der Grill war auch schon vorbereitet. An den Romerias bringt jeder etwas zu Essen mit. Zwar gibt es auch eine Art Chiringuito – also ein Barstand, wo man Tapas essen konnte, oder einen Sommerwein trinken. Natürlich gegen Bezahlung. Aber selbstgegrillte Chorizo – das ist spanische Paprikawurst, schmeckt herrlich und einfach unvergleichlich. Als wir los ritten machte ich mir so meine Gedanken wegen meinem Ross. Riko war ein absoluter Schreckhase, zu mindestens wenn man außerhalb des Stalles unterwegs war. Man konnte an seiner Box mit einem ratternden und knatternden Traktor vorbei fahren, er zuckte nicht mal mit den Wimpern. Auf der Koppel mit der Motorsäge Holz schneiden, kein Problem. Aber wehe dem es ging ins Gelände. Und auf einer Romeria ging es immer rund. Laute Musik, schreiende Kinder, Menschengeschnatter. Andere Pferde. Stinkende Autos und Mopeds ohne korrekten Auspuff. Ihr könnt Euch also vorstellen was mich erwartete. Als wir zu viert loszogen, mussten wir ausgesehen haben wie die Musketiere, aber eben statt 3 waren wir 4 an der Zahl. Es war sicher ein schönes Bild. Noch alberten wir ausgelassen und begannen fröhlich, Lieder zu singen, während wir langsam im Schritt dahin zuckelten.
Bis Riko plötzlich zur Salzsäule erstarrte. Er stemmte die Hufe in den Boden, und starrte ungläubig in die Ferne. Da sahen wir auch den Grund seines Entsetzens: Ein Esel, der einen wunderschönen, mit Blumenkränzen verzierten Karren zog, kam direkt auf

uns zu. Entweder hatte Riko in seinem bisherigen Leben noch nie einen Esel gesehen, oder aber es lag an den Blumenkränzen und dem Karren. Möglicherweise auch an beidem zusammen? Das ließ sich hier und jetzt nicht ergründen. Ich versuchte, ruhig zu bleiben, streichelte ihm den Hals und erzählte ihm, das Esel keine Ungeheuer waren, sondern viel, viel kleiner als er, und das der Esel vermutlich mehr Angst vor ihm hätte, als er vor dem Esel. Aber es nützte nichts. Vor lauter Aufregung musste der arme Riesenfriese äppeln. Dann kniff er den Schweif zischen den Pobacken zusammen und traute sich keinen Schritt mehr weiter, auch als die anderen wieder weiter zogen, nicht ohne mein edles Ross ordentlich ausgelacht zu haben. Der Karren mit dem Esel zog an uns vorbei, Riko lief der Schweiß aus den Poren vor Furcht, und binnen Sekunden war sein Hals schneeweiß eingeschäumt davon. Wahrscheinlich tat das Shampoo vom vorherigen Tag auch noch sein Nötiges dazu. Erst als der Esel außer Sichtweite war, ließ Riko sich wieder dazu bewegen den anderen zu folgen. Das tat er in Windeseile, ich hatte kaum Einfluss auf ihn. Im flotten Friesentrab schwebten wir rasch auf unsere Gruppe zu. Geschafft! Na das konnte ja heiter werden, wenn Riko schon bei einem Esel die Fassung verlor. Kaum gedacht schon passiert, wir kamen dem Romeria - Geschehen näher, es wimmelte vor Menschen und den zuvor schon erwähnten knatternden Mopeds und Autos. Riko verkrampfte sich durch und durch. An jedem Picknickstand zog er immer mit einem riesigen Satz vorbei, so dass ich dachte, ich hätte ein Springpferd unter dem Popo. Meist waren es auch 2 oder gar 3 Sprünge hintereinander. Die Leute stoben vor Schreck auseinander. Ich hatte alle Mühe mit meinem Streitross. Dann begann er zu tänzeln, als die Musik der Bar immer lauter wurde, da wir ihr immer näher kamen. Er tänzelte nach links, dann nach rechts, er fiel in eine Art Tscha Tscha Tscha Rhythmus. Mir lief der Schweiß an der Stirn hinunter. Schließlich wollte ich niemanden gefährden, aber irgendwann musste sich Riko nun mal an solche Ereignisse gewöhnen. Unser Auftritt war spektakulär, wir machten auf alle Fälle eine Menge Eindruck, und noch Jahre später konnte sich jeder, der auf dieser Romeria gewesen war, an das schwarze Ross des Rancho Rayo de Sol erinnern. Tolle Reklame. Als Riko dann noch vor lauter Aufregung direkt vor dem Barstand stieg und mit den Vorderhufen wirbelte, stoben auch die restlichen mutigen Menschen hektisch auseinander. Trotzdem beschloss ich, dass er auch durch den weiteren Ablauf durch musste. Also gingen wir zu unserem Picknickstand, ich halfterte ihn an einem Baum an neben seiner Freundin Cariñosa, und tränkte die Rösser. Dort unter den Bäumen entspannte er sich ein wenig, die Musik war auch nicht mehr so laut, weil wir 100 Meter entfernt von der Bar ein Plätzchen gefunden hatten. Nach und nach kamen uns immer mehr Dorfbewohner besuchen, es war so Brauch von einem Picknickstand zum anderen zu gehen. Man trank ein Bier, machte Smalltalk und zog dann weiter. Wo die besten Würstchen waren, blieb man eben etwas

länger. Jedenfalls wollten alle mein schwarzes Ross streicheln und ich wurde bewundert, weil ich ihn da so gelassen durch die Romeria geritten hatte. Wenn die wüssten, wie viel Bammel ich selber gehabt hatte. Nachdem sich der Ruhm um uns wieder gelegt hatte, beschlossen wir nach dem Essen wieder heim zu reiten. Riko war jetzt spürbar ruhiger und gelassener. Ich konnte endlich auch mal entspannen. Langsam ging es im Schritt nach Hause. Doch plötzlich zog eine rasend schnelle Geländemaschine an uns vorbei, wir hatten sie gar nicht kommen hören. Sie muss irgendwo im Busch gestanden haben mit ihrem Fahrer. Völlig rücksichtslos zog der Bursche an uns mit Vollgas vorbei. Wir schauten uns verdutzt an, alle Pferde blieben komischerweise völlig gelassen. Aber als die Maschine schon längst weg war, ging es los: Riko verlor die Fassung. Mit verspäteter Reaktion, anders kann ich das nicht bezeichnen, buckelte er plötzlich völlig unvorhersehbar los. Es kam mir vor wie unglaublich heftige Rodeobocksprünge. Nur ein Wunder verhalf mir dazu oben zu bleiben. Aber ich war danach kreidebleich im Gesicht. Nichts war mehr übrig von meiner zarten Frühlingsbräune im Gesicht. Meine Freunde schauten mich bewundernd an. Stephanie sagte nur trocken:
„Gut gehalten, man." Rafael nickte zustimmend, Jeska saß mit offenem Mund staunend auf Cariñosa. Danach hatten wir alle Lust so schnell wie möglich zum Stall zu kommen. Wir sehnten uns nach Ruhe und einer langen, einjährigen Pause bis zur nächsten Romeria.

Cariñosa - die Alleinunterhalterin

Eines Tages wollte ich meiner damaligen Praktikantin beibringen wie man mit Pferden an den langen Leinen arbeitet. Meine Pferde waren darin alle bereits geschult. Ich habe immer sehr viel Spaß mit ihnen an der Hand zu arbeiten, und es ist eine hervorragende gymnastische Übung für ein Pferd. Noch dazu sind Abwechslungen innerhalb der Ausbildung immer gut. So kommt keine Langeweile auf, und die Pferde kriegen immer neue Eindrücke und Impulse. Ich zeigte Sarah also, wie die langen Leinen am Longiergurt angebrachten werden müssen. Cariñosa machte wieder mal geduldig mit, blieb brav stehen, man musste sie noch nicht einmal festhalten. Sie war schon so viele Sachen gewohnt. Sogar das Voltigieren haben wir mit ihr geübt und sie trug immer alle Reitanfänger brav auf ihrem Rücken. Auch für den Unterricht in der spanischen hohen Schule war sie perfekt geeignet, sie kannte fast alle Lektionen aus dem FF.

Während also unsere Stute brav wartete, erklärte ich Sarah die Zügelführung. Wir standen dabei aber mit dem Rücken zum Pferd, konnten Cariñosa also nicht sehen. Wenn ich einmal ins Erklären komme, dauerte dies oft eine Weile. Als ich dann meinen Vortrag anschaulich beendet hatte, drehten wir uns um, und Sarah wollte alles in die Praxis umsetzen. Aber da war unser Pferd weg! Allerdings nicht weit weg, sondern Cariñosa musste sich so fürchterlich gelangweilt haben, das sie sich wohl dachte: „Na, da fang ich doch schon mal alleine an, bis die fertig sind, das kann dauern!" Und so lief sie brav auf dem Hufschlag entlang, die beiden langen Leinen jeweils seitlich von ihr auf dem Boden schleiften neben ihr her. Sie verhedderte sich nicht und baute dann auch noch einen eigenen Handwechsel ein, wobei sie auch dabei nicht einmal auf die Leinen trat. Also ehrlich, Ihr Lieben, wir mussten so was von herzhaft lachen bei diesem Anblick. Und ich war sehr stolz auf meine Stute.

Am Tag als der Regen kam

Endlich wieder mal ein gästefreier Tag – diesen wollte ich nutzen, um mit Gitano einen Ausritt zu meiner guten alten Freundin Lotte zu machen. Ich zog alleine los, meiner Praktikantin hatte ich frei gegeben. Lottes Finca lag etwa 4 km von meinem Rancho entfernt auf der anderen Seite des Dorfes. Ich musste also einmal das Dorf durchqueren, komplett asphaltierte Strassen, aber mir stand eh der Sinn nach einem ruhigen Ausritt im Schritt. Gitano sah das völlig anders, er tänzelte im

Stakatorhytmus los, voller Freude, seine Vorderhände holten hoch aus, als er auf der Stelle trabte, wir kamen so zwar nur langsam vorwärts, aber er muss prächtig ausgesehen haben, so aufgeblasen und stolz wie ein Pfau. Die Leute guckten uns staunend hinterher, als wir im Dorf ankamen. Meine Freundin erwartete mich schon. Sie stand am Tor und winkte uns zu, als wir um die Ecke getänzelt kamen. „Hach, " rief sie, „Ihr seid ein herrliches Paar, und dein Gitano ist so ein hübscher Hengst, mein Gott, diese breite Brust und die lange Mähne, und sein Gangwerk, ein Traum, ehrlich!", rief sie leidenschaftlich aus. Lotte war damals 65 Jahre alt. Für mich war sie in Spanien so etwas wie eine Art Ersatzmutter, gleichzeitig auch meine allerbeste Freundin. Mit ihr konnte man über alles reden, sie liebte Pferde, hatte früher in Deutschland selbst einen Bauernhof gehabt und Pferde. Sie kam im gleichen Jahr wie ich nach Tabernas. Wir waren die ersten Deutschen die dorthin ausgewandert waren. Lotte hatte damals die Finca mit ihrem Mann gekauft, um dort mit ihm seinen Lebensabend zu verbringen, aber leider verstarb er kurze Zeit später an Krebs. Sie blieb aber tapfer, und wollte die Finca nicht aufgeben. Wenig später hatte sie von einer weiteren Deutschen im Dorf gehört, und so lernten wir uns damals kennen, als sie mich eines Tages auf meinem Rancho besuchte. Aber zurück zum Thema. Ich band Gitano unter einem schattigen Olivenbaum an und nahm ihm den Sattel ab. Wir würden eine lange Pause einlegen, soviel stand fest. Bei Lotte vergaß ich ständig die Zeit, sie konnte so herrliche Geschichten von ihrem früheren Bauernhof erzählen. Außerdem gab es immer sehr leckeren Kaffee und Kuchen. Da konnte man sich schon mal leicht fest sitzen. Und so erzählten wir, und erzählten und erzählten. Der Gesprächsstoff ging uns nie aus. Ich bemerkte gar nicht wie es am Himmel immer grauer wurde. Erst als die Sonne weg war, weil sich eine riesenschwarze Wolke davor geschoben hatte, schrak ich hoch. „Oh je, Lotte, also wenn ich jetzt nicht heim reite, kriegen wir einen nassen Hintern!" Lotte schaute die schwarze Wolke kritisch an. „Meinst du, du schaffst es noch, bevor es losgeht mit dem Regen?" Ich begab mich zu Gitano und begann zu satteln. Sorglos antwortete ich: „Ach, ich denke schon, vielleicht wird es auch gar nicht regnen, aber darauf ankommen lassen möchte ich es auch nicht gerade." Wir wussten beide nur zu gut das Regenfälle hier in der Wüste eher selten waren, und eine schwarze Wolke musste noch lange nicht heißen, dass es auch regnen würde. Wenn es aber dann regnete, war das meist so heftig, dass ganz viele Wege weggespült wurden und sogar die trockenen Flussbette Wasser führten. Ich machte mir aber mehr Sorgen um die vielen asphaltierten Strassen, die wir zurücklegen mussten. Gitano trug Eisen, und es würde dann rutschig werden, und man konnte nur Schritt gehen, wenn man nicht ausrutschen wollte. Also stieg ich rasch auf, bedankte mich bei Lotte herzlich und ritt davon. Ihre Finca lag an einem Berg gebettet, man konnte so die sich entwickelnde Wetterlage nicht gut voraus sehen. Als ich aber etwa einen halben Kilometer geritten war, hatte ich die Sicht frei auf den gesamten Himmel. Oh je, er war pechschwarz und am Horizont sah ich heftige Blitze zucken. Und in der Ferne hörte ich Donner grollen. Gewitter waren hier auch sehr selten. Wenn es dann mal eines gab, war dieses auch äußerst heftig. Und schon begannen die ersten Regentropfen sacht auf uns herunter zu prasseln. Gitano hasste Regen. Er begann unwillig mit dem Kopf zu schütteln. Dort wo es halbwegs möglich war, ritt ich ein wenig schneller, ließ Gitano traben. Noch waren die Strassen nicht sehr nass. Aber dann ging es los, und zwar gnadenlos. Als hätte jemand einen Hebel umgelegt, fiel der Regen plötzlich wie aus Badewannen auf uns hinab. Es war Herbst, und so kühlte es sich sofort ab. Ich trug zwar eine Jacke, aber die war binnen Sekunden völlig durchnässt, das Wasser lief mir in den Nacken, dann über den Rücken, und ließ auch den Popo nicht trocken. Klitschnass klebte meine Reithose an mir, die Füße begannen auch durchzuweichen. Die nasse, schwere und ewig lange Mähne Gitanos wippte auf und ab und schleuderte mir ständig ins Gesicht. Bei soviel Langhaar nütze auch mein Hochnehmen des Kopfes nichts. Mittlerweile fiel der Regen in Sturzbächen auf uns hinab und die Strassen begannen schmierig zu werden, denn der angesammelte Wüstenstaub darauf weichte auf. Es ging also nur noch im Schritt weiter. Dadurch das Gitano dieses gewaltige Gangwerk hatte, war es auch gleich dreimal so gefährlich, ständig rutsche er weg, und er ließ sich kaum beruhigen, er wollte nur noch nach Hause. Die

Pferde waren Regen einfach nicht gewohnt. Heftig zuckten die Blitze um uns herum und gewaltige Donnerschläge folgten. Der Tag wurde zur Nacht, der Himmel war tiefschwarz, und es gab keine Aussicht auf Besserung. Nachdem ich die Sicht auf die Sierra de los Filabres hatte wurde mir klar, das wir auf rasche Klärung dieser Wettersituation nicht zu hoffen brauchten. Ich wusste nur eins; wenn es so heftig regnete mussten wir einen Zahn zulegen, denn wenn die Flussbette überspülten, könnte es sehr gefährlich werden. Endlos lang kam mir der Weg durch das Dorf vor, bis wir endlich in unser für gewöhnlich ausgetrocknetes Flussbett kamen. Nun hatten wir nur noch etwa 1,5 km Weg vor uns. Und auf diesem Boden konnten wir etwas traben, aber das machte nun auch nicht mehr viel Sinn, wir waren eh schon komplett durchweicht. Aber wir wollten einfach nur noch nach Hause, wegen der Nässe. Unangenehm prasselte uns der harte Regen ins Gesicht und ein kalter Wind begleitet ihn. Plötzlich kam uns ein Auto entgegen. Ich erkannte den Land Rover von Jose, einem Freund von mir, der in der Nachbarschaft auch eine Finca hatte. Von weitem blinkte er mit dem Fernlicht mehrmals auf. Als er nah genug bei uns war rief er:
„Mach dich so schnell wie möglich nach Hause, das Wasser kommt!"
„Welches Wasser?", brüllte ich zurück, bei dem Getöse des Regens konnte man sich kaum verständigen.
„Die Strasse oben ist aufgebrochen durch die Wassermassen, es schießt nur so das Flussbett hinab.

Reite heim, so schnell wie möglich, ruf mich an, wenn du heil angekommen bist, los!!!!!!!"
Ich ließ mir das nicht dreimal sage. Sofort spornte ich Gitano an zu galoppieren.
„Auf, mein Junge, zeig mal was du drauf hast, jetzt kommt es auf Trittfestigkeit und Schnelligkeit an. Los!!!!"
Und mein Spanier zeigte mir, dass er außer strampeln, auf der Stelle traben und angeben auch wirklich was auf dem Kasten hatte; er spurtete los, und obwohl wir mehrmals ins Schlingern gerieten durch den schlammigen Boden, schaffte er es immer wieder, Griff zu bekommen. Kurz vor dem Abzweig zu meinem Rancho sah ich das Wasser kommen: Mein Gott – es war ein reißender, gewaltiger Fluss! Gigantische Schlammmassen kamen auf uns zugespült in rasender Geschwindigkeit. Gitano und ich bekamen gerade noch die Kurve, dann stieg unser Weg an, da konnte das Wasser nicht so schnell hoch. So zog der tosende Fluss an uns vorbei, während weiterhin die Donner grollten und Blitze aufflammten. Man, hatten wir Glück gehabt, ein paar Sekunden später, ich weiß nicht was passiert wäre. Ich brachte Gitano in den Stall, versorgte ihn und rubbelte ihn so gut es ging trocken. Dann bekam er noch eine Extraration Futter. Zufrieden mampfte er vor sich hin, aber nicht ohne sich ständig trocken schütteln zu wollen. Ich musste wieder raus in den Regen, aber die 50 Meter zum Haus waren nun auch egal. Als ich oben ankam erlaubte ich mir den Luxus, erst mal ausgiebig heiß zu duschen. Meine Beine waren eiskalt

durchgefroren und wollten und wollten nicht auftauen. Rasch trank ich noch eine heiße Tasse Tee, holte meinen alten Regenmantel und meine Gummistiefel, die ich aus Deutschland mitgebracht hatte. Nie hätte ich gedacht, dass ich sie hier mal brauchen würde. Aber an diesem Tage erwiesen sie sich als perfektes Kleidungsstück. Bevor ich hinaus ging, um nach dem Fluss zu schauen, rief ich Jose vom Festnetz an um ihm zu sagen, dass alles in Ordnung war. Mein Handy hatte leider den Geist aufgegeben. Es war in meiner Reithosentasche gewesen, und als ich es herauskramte erwies es sich als kaputt. Es war zu nass geworden. Mist. Ich fuhr mit meinem Auto den Weg hinunter bis in Flussbett. Meine Kamera hatte ich auch dabei, diese Naturgewalt wollte ich bildlich festhalten. Kaum unten angekommen, brach plötzlich der Himmel auf, die Sonne lugte hervor und der Spuck war so schnell verschwunden, wie er auch gekommen war. Übrig blieb lediglich das Wasser im Flussbett, das aber bereits weniger wurde. Schon am nächsten Morgen war kaum noch etwas von dem heftigen Regen zu sehen gewesen. Einige Schäden hatte das Wasser aber doch angerichtet. Bei Nachbarn war eine komplette Mauer weggerissen worden, und wenige Meter entfernt gab es auch den Zaun von Manolos Garten nicht mehr, und die Strasse an der Quelle war aufgerissen. Es war ein wahrlich denkwürdiger Tag gewesen und ich war froh, dass ich dieses Abenteuer mit Gitano heil überstanden hatte.

Brillante – der brillante Blender

Nachdem ich nun schon Jahre meinen Reiterhof geführt hatte, wurde unser Service immer weiter ausgebaut. Mittlerweile hatte ich mich etabliert in unserer Provinz und mir einen Namen auch als Pferdeausbilderin gemacht. Ganz oft wurde ich auch aufgesucht, weil Pferdebesitzer mit ihren Pferden Probleme hatten. Damals wurden beispielsweise Jungpferde mit brutalen und rauen Methoden angeritten, fernab von jeglichem Basiswissen. Also natürlich nicht in meinem Stall, sonder in den einheimischen. Das ist heutzutage Gott sei Dank anders geworden. Mittlerweile wird auch hier Wert auf eine solide und gute Grundausbildung von den Pferdebesitzern geschätzt. Da hier alles meist über Mundpropaganda funktioniert, kam eines Tages der Schwager eines Freundes zu mir. Er meinte, ich hätte doch die 5 Junghengste seines Schwagers ausgebildet, und ob ich nicht mal seinen neuen Hengst in Beritt nehmen könnte, er würde leichte Probleme machen, und seine Kinder kämen nicht klar mit dem Pferd. Ich stellte mir sofort die Frage: Wie kann man seinem 8 jährigen Sohn und seiner 10 jährigen Tochter, die keinerlei Reitkenntnisse hatten, einen Hengst kaufen, noch dazu einen, der das stolze Stockmaß hatte von 1,75 m. Und da der Vater selber auch keine Ahnung hatte, fand ich das mehr als unverantwortlich. Aber ich hielt mich mit meinen Gedanken zurück, und fragte, welche Probleme er denn machen würde. Er meinte, das Pferd würde öfters mal den Kopf ruckartig rum werfen, und würde sich nicht nach rechts „lenken" lassen. Mir dieser dürftigen Aussage musste ich mir mein eigenes Bild machen. Ich sagte ihm, er könne den Hengst in den nächsten Tagen gerne zum Beritt bringen. Das tat er dann auch. Als Brillante, so hieß der Bursche, hier ankam, verzauberte er alle. Sein weißes Fell schimmerte wie Schnee und glitzerte in der Sonne wie ein Brillant. Er sah aus wie aus einem Märchenbuch entsprungen. Selbst ich stand da und bewunderte diese märchenhafte, perfekte Schönheit. Auch an seinem Benehmen ließ zunächst nichts zu wünschen übrig, er ließ sich artig in seine Box führen, wieherte nicht mal den neuen Freunden zu, war absolut friedlich und angenehm im Umgang. Nachdem ich in den nächsten Tagen mit ihm an der Longe gearbeitet hatte, um ihn besser kennenzulernen, zeigte er sich auch dort als äußerst folgsam und liebenswert. Den Sattel war er gewöhnt, keine Anzeichen von Sattelzwang, was bei spanischen Pferden oft vorkam, weil in der Grundausbildung geschlampt und alles zu schnell, alles zu grob beigebracht wurde. Nicht so bei Brillante. Am Boden war er ein Lämmchen und fast schon ein Bilderbuchpferd. Zu schön um wahr zu sein. Und meist ist es dann ja auch so. Nach 8 Tagen wollte ich ihn dann das erste Mal reiten. Vena kam mit und wollte zuschauen. Nach dem Ablongieren stieg ich auf. Alles fühlte sich gut an, sein Schritt war weich und

angenehm, auch die ersten Trabrunden waren wundervoll. Beim ersten Check zum rechts abwenden, wurde er etwas mürrisch. Da muss jemand zu grob gewesen sein mit seiner Zügelhand. Ich arbeitete kaum mit der Hand, sondern mehr mit Gewichtsverlagerung und Körperdurchspannung. Das funktionierte nach einer Weile prima, er machte keine Anstalten mehr sich im Genick zu verwerfen. Er folgte willig.
Ich begann mich zu entspannen, erfreute mich daran, diesen schönen Hengst reiten zu dürfen, als er unter mir völlig unvorbereitet explodierte. Und zwar richtig. Ich habe schon viele bockende und buckelnde Pferde unter mir gehabt, aber das hier war Rodeo. Aufgrund meiner langjährigen Erfahrung wusste ich instinktiv, was ich zu tun hatte. Denn mir war klar, das ich nur noch drei oder 4 Bocksprünge aushalten würde, dann wäre ich unten gewesen, und zwar unfreiwillig. Mit diesem Wissen entschied ich, dem zuvor zu kommen. Als der nächste Bocksprung kam, nutze ich den Schwung des Hengstes, um selber freiwillig von ihm abzuspringen. Vena hatte schon ihr Handy gezückt und wollte den Notarzt anrufen, denn sie dachte, das konnte nicht gut gehen, gleich würde ich ernsthaft verletzt werden. Aber so war es nicht; sicher landete ich auf meinen beiden Füssen und blitzschnell bremste ich den überraschten Brillante, der mich völlig verdattert anschaute, als ich plötzlich neben ihm stand und dann reagierte ich, wie ich selten reagiere, aber manchmal muss man solche Maßnahmen ergreifen, wenngleich sie mir auch zuwider waren. Aber man durfte dem Pferd ein solches

Verhalten nicht durchgehen lassen. Ich dachte ganz besonders an die armen Kinder, die sich vertrauensvoll auf ihn drauf setzen wollten in Zukunft. So hob ich die Stimme, brüllte ihn an, ich benutzte dazu sämtliche Schimpfwörter, die mir in dieser Situation für so einen Drecksack einfielen und ließ ihn durch heftiges Zügelrucken permanent rückwärts treten. Eine ganze Bahnrunde lang. Dann hörte ich abrupt auf, wandte mich ihm zu und sagte mit fester, aber ruhiger Stimme, als ich mich neben ihn stellte und den Bügel zu mir hindrehte: „So, mein Freund, so ein Verhalten ist hier nicht erwünscht, ich hoffe du hast das verstanden, denn beim nächsten Mal schneide ich dir deine Ohren ab." Souverän stieg ich wieder auf. Vena saß mit offenem Mund staunend auf der kleinen Zuschauerbank. Sie konnte es nicht glauben, dass diese Situation entschärft worden war. Meine Korrektur bei Brillante hatte erstklassigen Erfolg: Niemals wieder in seinem Leben hatte er versucht Menschen hinterlistig abzuwerfen, denn es war nichts anderes gewesen als ein Versuch, seinen Reiter los zu werden. Wie ein Lämmchen lief er in Zukunft, sein kleines Problem mit dem verwerfen im Genick konnte ich nach einem Monat Beritt beheben. Sein Besitzer konnte ihn wieder abholen. Er war kuriert.

 **Tröstende Pferde**

Kennt Ihr das auch? Diese Momente, wo man glaubt alles geht schief und man ist zu Tode betrübt? Was gibt es da Schöneres, als sich von den Rössern trösten zu lassen? Ich hatte einen ganz schlechten Tag gehabt mit viel zu viel Arbeit und einer Menge Probleme. Lösungen konnte ich keine finden. Ich war nervlich so überlastet, das ich einfach nur noch Ruhe suchte. Also schlürfte ich inmitten einer wunderschönen warmen, Vollmondnacht im Schlafanzug runter zu meinen Pferden. Wie eh und je zog es mich zuallererst in die Box von meinem Rociero. Neben ihm stand auch mein Friesenmix Riko, und da die Boxen nur eine 1, 20 hohe Trennwand hatten, konnten die Tiere so untereinander immer Sozialkontakte pflegen. Ich setzte mich auf Rossis Krippe, und ließ den Tränen freien Lauf. Rossi schnupperte an meinem Gesicht herum und begann, langsam seinen Kopf an meiner Wange zu reiben. Er tat dies äußerst sanft, so das sein warmes Fell mich schon fast kitzelte. Dann hielt er mir demonstrativ sein Ohr hin. Ich wusste, was er wollte; nichts liebte er mehr als Ohren massieren. Also musste ich meinen Heulkrampf hinten anstellen und mit der Massage beginnen. Da wurde Riko plötzlich eifersüchtig und stupste sich mit seinem riesigen Schädel so heftig an, das ich doch glatt von der Krippe flog. Bumm !!!! Da lag ich im Stroh. Vorbei war es mit den Tränen. Ich lag da wie ein Käfer auf dem Rücken und sah die zwei wunderschönen Pferdeköpfe vor mir, die mich mit großen Augen anschauten. Die Frage, die ich in ihren Blicken las: „Was machst Du denn da unten????" Wer kann denn da noch traurig sein? Ich stand lachend auf, wischte mir das Stroh von meinem Hosenboden ab und kraulte meine beiden Freunde noch einmal herzhaft, bevor ich den Tieren wieder ihren Nachtfrieden ließ und nach oben zum Haus wanderte.

Der Reitunfall

Eines Tages zog ich mit meinen Gästen los, um eine längere Reittour durch unsere herrliche Steinwüste zu unternehmen. Wir waren insgesamt 6 Reiter. Ich führte die Gruppe mit einem neuen Hengst an: Enamorado, ein mittelgroßer Grauschimmel mit langem, schwarzen Behang und feinem Körperbau. Alle spanischen und englischen Sättel waren vergeben, also musste ich Vorlieb nehmen mit Rossis altem Westernsattel, Ich liebte dieses Teil allerdings und er passte dem Hengst prima, da er genau wie Rossi auch sehr fein gebaut war. Wir waren eine fröhliche Gesellschaft, die Pferde

hatten Spaß, schnaubten vor sich hin und mein Hengst legte ab und dann mal eine Showeinlage ein, weil wir eine roßige Stute dabei hatten. Er war entzückt und tänzelte werbend hin und her. Aber alles lief gut. Nach der großen Pause, die wir bei der Oase machten, so hieß dieser Platz mit den vielen Palmen, wo auch ein Teil des Films „Laurence von Arabien" gedreht wurde, ritten wir wieder zurück zum Rancho. Die Landschaft war so atemberaubend schön, dass meine Reitgäste aus dem Staunen gar nicht mehr heraus kamen. Und da passierte es: In einem Moment des Träumens vergaß die Stutenreiterin, Abstand zu meinem Hengst einzuhalten. Sie ließ die Stute so nah an die Pobacke meines Hengstes heran kommen, dass er vor Entzücken ganz plötzlich und völlig unerwartet kerzengerade hochstieg. Ich war darauf nicht vorbereitet, hielt mich aber noch oben, da rutschte der Hengst mit der Hinterhand im Boden weg, weil er in einem kleinen Loch gestanden hatte. Und schon ging es los: Sturzflug nach hinten. Ich landete zuerst im Sand und sah wie in Zeitlupe den Pferdekörper auf mich zufliegen. Rummmmmmmssss!
Tausend Sternchen waren in meinem Kopf präsent, ein gewaltiger Druck machte sich in meiner Lunge breit, ich konnte für einen kurzen Moment nicht mehr atmen. Trotz allem war ich noch in der Lage nach dem ersten Schreck die Zügel des Hengstes zu greifen, setzte mich aber sofort wieder in den Sand, denn mir war wahnsinnig schwindelig. Meine Mitreiter waren entsetzt, reagierten aber prima. Einer der Gruppe nahm

mir den Hengst ab, ein anderer suchte in meinen Taschen nach dem Handy und rief im Rancho an. Ein anderer Reitgast untersuchte mich vorsichtig, um zu sehen, was mir passiert war. Ich versicherte allen tapfer, das es mir den Umständen entsprechend gut gehen würde, sie sollten nur aufpassen, das sie den Hengst nicht los ließen, damit nicht noch jemand anderes zu schaden kommen würde. Wenig später kam meine Freundin Eva mit dem Auto angefahren. Ihr Mann brachte mich mit dem Wagen zurück aufs Rancho, und Eva wollte die Gruppe wieder anführen, um nach Hause zu reiten. Erst als alle Pferde wieder wohlbehalten nach 3 Stunden im heimatlichen Stall angekommen waren, ließ ich mich ins Krankenhaus bringen. Ich hatte keine Ruhe, ohne das Wissen, das es allen anderen gut ging. Frau Doktor meinte ich hätte Glück gehabt. Nichts war gebrochen, nur geprellt, und eine kleine Gehirnerschütterung. Die Prellungen wurden am nächsten Tag grün, blau und lila, und ich hatte ein Feilchen am rechten Auge, denn da war das Horn vom Westernsattel zuerst reingeknallt beim Sturz. Ich sah aus, als hätte man mich verprügelt. Von Kopf bis Knie, alles war voller Blutergüsse. Ich glaube, ich brauche Euch nicht erzählen, welch höllische Schmerzen ich in den Tagen darauf hatte. Lisa, eine Freundin von mir, erklärte sich bereit in den nächsten 4 Tagen die weiteren Reittouren, die bereits gebucht waren, durchzuführen. So konnte alles trotz meines Ausfallens normal weiter laufen. Aber dieser Tag blieb natürlich für immer unvergesslich für alle. Mit einem heftigen Schreck bin ich noch mal davon gekommen.

Die Vollmondnacht

Ihr könnt Euch gar nicht vorstellen wie schön hier das Ambiente in einer Vollmondnacht ist. Besonders im Sommer. Immer wieder lädt uns diese Stimmung zu einer Reittour in der Nacht ein. Des Mondes helles Licht ist besser als jede Taschenlampe. Und die Nacht riecht frisch, ist aber trotzdem sehr warm. Eines Abends war es wieder soweit: Gegen Mitternacht schlürften wir in den Stall und begannen unsere Pferde für den Vollmondritt vorzubereiten. Die Rösser staunten nicht schlecht, schienen sich aber ob unsere Unternehmenslust zu freuen. Aufgeregt begannen sie nervös in den Boxen hin und her zu laufen. Sie waren voller Tatendrang. Tagsüber, bei 45 Grad im Schatten machte das Leben oftmals nicht gerade viel Spaß. Viel zu heiß war es, um irgendetwas zu unternehmen. So langweilte man sich doch öfters. Aber sobald die Sonne unterging und es etwas abkühlte wurden alle trägen Geschöpfe wieder munter, sowohl Mensch, als auch Tier. Ich begann meinen Friesen Riko zu satteln, Jeska und Cariñosa waren auch dabei und wir nahmen noch unseren Freund Jose mit, der so etwas auch mal erleben wollte. Er sattelte seine Stute Luna. Das passte doch perfekt zum Vollmond, denn Luna heißt auf deutsch Mond. Joses Reitkünste waren etwas bescheiden, aber wir wollten es einfach mal probieren. Auf alle Fälle würden wir ja eh nur im Schritt reiten. Wenngleich der Vollmond hell und klar war und die Landschaft in ein tolles Licht tauchte, so verzichteten wir doch auf schnellere Gangarten in diesen Nächten. Nachdem wir auf die Pferde gestiegen waren, führte ich unsere kleine Gruppe sicher durch unsere herrliche Wüste bei Nacht. Die Felsen die sich rechts und links von uns empor hoben, sahen gruselig aus in dem grellen Mondscheinlicht. Sie warfen unheimliche, lange Schatten auf den Sandboden vor uns. Riko fürchtete sich schon wieder mal sehr, er sah überall Gespenster. Und so hüfte er in relativ unregelmäßigen Abständen immer mal zur Seite und machte die anderen Pferde durch sein Verhalten ebenso nervös. Da half auch Joses spanischer Flamencogesang nicht viel. Luna begann unter ihm zu tänzeln. Da Jose vor dem Ritt ein wenig von einem Sherry genascht hatte, um mutig mit uns Frauen mithalten zu können, machte ihm nun sein Magen etwas zu schaffen. Ich hörte ihn hinter mir ständig rülpsen. Jeska und ich mussten zwangsläufig etwas kichern. Wir passierten mit unseren tänzelnden Rössern einen schmalen Pfad, der hoch bewachsen war mit Schilfrohr. Es war die einzige Stelle in der Steinwüste, die einen höheren Grundwasserpegel vorzuweisen hatte. So konnte das Schilfrohr entstehen und auch überleben. Links und rechts davon befand sich Dickicht. Ein ideales Versteck für Wildschweine, die es hier sogar in größeren Mengen gibt. Ich wusste das, Jeska natürlich auch, aber Jose nicht. Gerade als ich die Gruppe darauf aufmerksam machen wollte, und ganz besonders Jose, war es aber auch schön zu spät: Eine Wildschweindame schoss mit ihren Frischlingen aus dem Dickicht und kreuzte panisch unseren Weg. Das war zuviel für Luna. Sie dachte wohl, sie hatte den rülpsenden Jose nun lange genug ertragen müssen und dann auch noch Wildschweine! Das ging gar nicht. Ein gewaltiger Buckler beförderte den rülpsenden Jose ins Dickicht und Luna verschwand galoppierend in der Nacht. Die Wildschweine suchten grunzend das Weite und Jose hatte aufgehört zu rülpsen. Dafür jammerte er nun, und stöhnte und fluchte. Rasch rutsche ich aus dem Sattel, hielt den aufgeregten Riko aber mit eisernem Griff am Zügel fest, während Jeska sofort los ritt, um hinter Luna herzueilen. Sie hatte sie recht schnell wieder eingefangen und brachte sie zurück. Ich ging zu Jose. Ihm hingegen ging es gar nicht gut. Er war wohl aufs Steißbein geknallt und verzog das Gesicht schmerzverzerrt. Als er seine Stute sah wurde er so zornig, dass ich dachte, er würde sie verprügeln wollen. Mit Geschick versuchte ich ihn davon abzuhalten, was mir dann Gott sei Dank auch gelang. Nach einer Weile konnte er wieder aufstehen. Und so beschloss er, wieder aufzusteigen. Wir wollten gleich wieder nach Hause reiten, denn Jose ging es wirklich nicht sonderlich gut. Das Rülpsen und Singen Joses war verstummt und zu seiner Ehre musste man sagen, dass er auch nicht mehr jammerte. Die Pferde hatten sich etwas beruhigt, so dass der Weg nach Hause friedlich vonstatten ging. Jose schwor beim Abschied, dass er nie wieder nachts ausreiten würde, und auch tagsüber wäre man ja auf seiner wilden Stute sicher auch nicht gut aufgehoben. Aber ich kannte Jose, den alten Brummbär, nur zu gut. Er würde sich wieder rauf schwingen. Er musste nur erst den Schreck verdauen. Und es dauerte keine Woche, da war er auch schon wieder im Sattel. Unseren ereignisreichen Mondscheinritt aber würden wir niemals vergessen.

Rociero

Die letzte Geschichte in diesem Buch widme ich meinem bereits verstorbenen Rociero.

Mein Tres sangre Andalusier - Vollblut - Araber Mix Rociero kam zu mir, als er gerade mal 4 Jahre alt war. Ich hatte ihn in Andalusien entdeckt, als ich damals noch hier meine Urlaube verbracht hatte. Ich nannte ihn kurz Rossi. Damals war er ein richtig schwieriges Pferd und ich hatte weiß Gott nicht genügend

Kenntnisse gehabt, um mir so eine Portion geladenes Temperament anzueignen. Aber wo die Liebe hinfällt. Rossi wurde von seinen Vorbesitzern für Rennen benutzt. Man hatte ihn grob behandelt und so wurde aus ihm ein misstrauisches Pferd, das sich beim Reiten nur verspannte, nie ruhig stehen konnte und auch ansonsten in den deutschen Reitställen so einiges durcheinander brachte. Schon alleine das Aufsitzen bereitet uns ständig Probleme. Meist lief er dabei rückwärts. Überall stand geschrieben, was zu tun ist, wenn Pferde beim Aufsteigen nicht stehen bleiben, aber was ist zu tun, wenn sie dabei Rückwärts laufen? Ihr könnt Euch also sicherlich vorstellen wie verzweifelt ich oftmals war. Es verging kein Tag an dem ich nicht weinend vor Frust vom Stall nach Hause kam. Erst Jahre später fiel bei mir der Groschen. Nachdem wir nach Andalusien ausgewandert waren und ich wirklich richtig Zeit für mein Pferd hatte, begann ich mit dem Korrekturtraining. Es war ein langer Weg. Und ich musste bei diesem Pferd ganz viel umdenken. Zum ersten Mal begriff ich, das man mit dem Gehirn reiten musste, nicht mit den Pobacken. Rossi war mit 3,5 Jahren gelegt worden. Er war sicher auch als Hengst schwierig gewesen. Wobei die meisten Probleme, die er hatte, aus falscher Behandlung resultierten seitens seiner Vorbesitzer. Ich machte mich an die Lebensaufgabe, meinen schönen, feingliedrigen Braunen zu korrigieren. Irgendwann mit viel Ruhe und Geduld hatte ich es geschafft, dass er endlich beim Aufsteigen ruhig stehen bleiben konnte. Wenngleich es ihm schon alleine wegen seines Temperaments sehr schwer fiel, ruhig zu stehen. Immer gab es etwas zu tun, immer war er aufgeweckt und wollte los. Sein Arbeitswille war unbremsbar. Und sein Stolz genauso. Er wäre eher tot umgefallen, als zugeben zu müssen, dass er nicht mehr konnte. Immer wenn ich also mit ihm loszog, ganz gleich ob auf der Reitbahn oder ins Gelände; Rossi begann zu schäumen, sein Hals war nach einer Minute klitschnass geschwitzt, die Nüstern leuchteten rot und die Augen blitzten wie bei einem Rennpferd in der Startbox. Wenn es ihm nicht schnell genug ging, begann er im Zick Zack herum zu tänzeln. Binnen Sekunden waren die Lederzügel komplett nass, so dass ich nur bei Rossi immer mit Handschuhen ritt. Obwohl ich sonst nie welche benutze. Wenn er Lust hatte zu galoppieren, ich ihn aber nicht ließ, hatte er eine eigene Strategie entwickelt, wie er zu seinem Ziel kam: Er tanzte nach links, tanzte nach rechts, und wieder links, und wieder rechts, und dann riss er ganz plötzlich den Kopf so hoch, dass er ihn mir ins Gesicht schleuderte. Und schon schoss er los, denn ich war ja noch betäubt von der gewaltigen Kopfnuss. Ich habe mit ihm viele brenzlige Situationen erlebt, das könnt Ihr Euch sicher vorstellen. Aber beharrlich folgte ich meiner Illusion, dass dies mein Führpferd für die Reittouren werden würde. Es erwies sich als schwierig, denn jedes Mal wenn ich mit einer Reitgruppe loszog, und die anderen nicht die exakten 4 Meter Distanz zu ihm einhielten, hatte ich mächtig mit ihm zu kämpfen. Er hasste es, wenn ihm jemand seine Position streitig machen wollte. Man muss aber lobend erwähnen, das Rossi niemals ausgeschlagen hatte, oder gar buckelte. Im Laufe der Zeit hatte ich meine eigenen Ideen entwickelt, um seinem maßlosem Temperament gerecht zu werden. So zog ich oft mit ihm alleine los ins Gelände und wenn er rennen wollte, ließ ich ihn bergauf galoppieren. Hier bei uns haben wir herrliche Strecken, die kilometerweit bis zu den hohen Sierras führen. Dort fuhren keine Autos vorbei und es gab auch keine anderen Gefahren, man konnte ihn einfach laufen lassen, und das tat er dann auch, er genoss es in vollen Zügen. Seine Vollblutadern traten hervor und die Landschaft rauschte an mir vorbei, als wir mit 60 km/h die Wege hinauf flitzten. Ich ließ ihn danach wieder im Schritt gehen, zum erholen. Und danach ließ ich ihn Querfeldein gehen, Berge rauf krabbeln und runter, wie eine Bergziege. Dort musste er sich konzentrieren und aufpassen, wo er hintrat. Er wurde ein Muskelkraftpaket. Und ich kam nach und nach immer besser mit ihm zurecht, verstand ihn und hatte Geduld. Unsere Seelen wurden nach einer Weile eins. Ich verstand ihn blind. Das Vertrauen zueinander wuchs und wuchs. Es gibt Pferde, die immer ein und dieselbe Person und Reiterhand brauchen. Rociero gehörte zu dieser Sorte. Jeder Versuch, einen anderen Reiter rauf zu lassen endete frustrierend, sowohl für das Pferd, als auch für den Reiter. Rossi war so sensibel, das er ganz besonders falsche Gewichtshilfen sofort mit rebellischem Verhalten quittierte. Er wollte seinen Reiter verstehen, aber die wenigstens hatten das nötige

Feingefühl für dieses Pferd. Die einzige die ihn ebenfalls reiten konnte war meine Praktikantin Kerstin. Ihre ganz besondere, ruhige und geduldige Art gefiel ihm. Ich begann mit ihm nach vielen Jahren Training auch das Reiten nur mit Halsriemen bestückt zu üben. Und das war mit Rociero wirklich schon fast eine Kunst. Zunächst trainierten wir es in unserem kleinen Longierzirkel. Da ich die letzten Jahre ganz viel mit Muskeldurchspannung und Stimme mit ihm gearbeitet hatte, war nun das Reiten mit Halsriemen relativ einfach. Er blieb sofort und abrupt stehen, wenn ich einmal kurz pfiff, ein kurzes Schnalzen lies ihn antraben und ein leises „Hopp" veranlasste ihn zu galoppieren. Das Tempo regulierte ich mit einem megaleisem „Ssschhhh". Und es sah aus, als würde das Pferd wie von Geisterhand geführt und gelenkt, denn meine reiterlichen Hilfen waren kaum zu sehen. Jahrelanges feinstes Arbeiten mit ihm hat auch mich immer besser werden lassen. Als mit dem Halsriemen alles klappte, beschloss ich, dies auch auf dem großen Reitplatz zu wagen. Ich kann Euch gar nicht sagen wie ich strahlte, als alles perfekt klappte. Auch unsere Freiheitsdressur ohne Strick und Halfter funktionierte genial. Er tanzte um mich herum, im jeweils gewünschten Tempo, prustete und schnaubte dabei voller Stolz, wenn ich ihn mit der Stimme ausgiebig lobte. Sobald ich mit dem Finger schnippte ging er in die Knie. Er stieg auf Kommando, sobald ich beide Hände anhob. Er war ein Traum. Bildschön, edel, stolz ohne Ende. Und hoch intelligent. Und seine Augen, sie sind für mich unvergesslich. Noch nie hat mir ein Pferdeauge soviel Weisheit und Ernsthaftigkeit widergespiegelt. Ich empfand für ihn eine Wärme und Liebe, wie ich sie noch nie zuvor empfunden hatte. ER liebte Wasser und somit auch Pfützen und nach jedem Regen, der hier in der Steinwüste ja eher selten vorkommt, war er immer wieder verzückt vor Freude. An arbeiten auf dem Reitplatz war nicht zu denken, wenn er dort die Pfützen sah. Er blieb stehen und haute seine Vorderhände voller Elan in das Wasser und spritze uns von oben bis unten voll mit schlammiger Pfützenpampe. Aber zurück zu unserem Arbeitsplan: Unser nächstes Ziel war das Arbeiten mit der Garrocha, einhändig auf Kandare mit der langen Hirtenstange der Vaqueroreiter bestückt, wollte ich mit ihm fliegende Galoppwechsel durchführen und Pirouetten drehen, um die Stange herum und durch sie durch. Ich hatte mit der Garrocha schon mit meinen anderen Pferden einschlägige Erfahrung sammeln können und war recht geübt darin. Der große Tag kam. Ich ließ mir von meiner Praktikantin die Garrocha in die Hand geben nachdem ich auf Rossi gestiegen war. Und siehe da; er hatte Talent, und zwar sehr, sehr viel. Er achtete scharf darauf, dass er sich nicht zu weit von der Stange entfernte. Konzentriert arbeitete er mit und das überraschte mich doch sehr an ihm, wo er doch sonst oft so kopflos reagierte. Ich muss nicht sagen, dass ich vor Stolz beinahe platzte. Es war ein erhebendes Gefühl, dieses Pferd so kontrollieren zu können. Ich wollte diese Leistung steigern nur mit Sattel, ohne

Zaumzeug, Gebiss, Halfter oder andere Hilfsmittel mit der Garrocha auf Rociero arbeiten. Wir übten zunächst wieder einmal in unserem kleinen Longierzirkel, bis ich mich dann traute, es auch auf dem Reitplatz zu versuchen. Es war unglaublich!!!! Das größte und allerhöchste Reitergefühl, das ich je erhalten habe. Nie wieder empfand ich soviel Freude auf einem Pferd wie in diesem Moment. Die jahrelange Mühe hatte sich ausgezahlt. Zwei Seelen waren eins geworden. Mensch und Pferd in völligem Einklang, verschmolzen miteinander, mit ihren Bewegungen und ihrem Denken. Ich hatte noch viele schöne Jahre mit meinem Rossi verbracht. Als er 22 Jahre alt war, erhielt er bei mir seinen wohlverdienten Ruhestand. Denn seine Gleichbeine machten ihm Probleme, sicherlich weil er in jungen Jahren zu früh verbraucht worden war. Er lief nach und nach immer beschwerlicher, und dann begann man ihm anzusehen, dass er nur noch Schmerzen hatte beim Laufen. Ich guckte mir das noch eine ganze Weile an, gab ihm Entzündungshemmer. Aber als dann selbst das Hufe ausschneiden für ihn nur noch zur Qual wurde, musste ich eine Entscheidung treffen. Die Entscheidung, die längst fällig gewesen war. Schweren Herzens ließ ich ihn mit 26 Jahren in den Pferdehimmel gehen. Ich heulte Rotz und Wasser, und seinen Tod habe ich bis heute noch nicht überwunden, Aber ich war sicher, dass ich das Richtige getan hatte.

Ja, meine lieben Leser, hier endet mein Buch nun erst einmal. Natürlich habe ich noch ganz viele, weitere Geschichten parat für Euch, aber diese packe ich in ein neues Manuskript. Wenn ich Zeit und Muse habe, setze ich mich daran, versprochen. Freut Euch drauf.

Von der Autorin sind bisher 3 weitere Bücher im Handel erschienen:

Webseite der Autorin:
http://www.repage.de/member/juttabonstedtkloehn/